Bjarne B. Reuter

Kidnapping

Aus dem Dänischen von Dr. Gerda Neumann

Illustrationen von Helmuth Malzkorn

Hermann Schaffstein Verlag
Dortmund

© Hermann Schaffstein Verlag, Dortmund 1978
Alle Rechte, auch die des auszugsweisen Nachdrucks,
der photomechanischen und tontechnischen Wiedergabe
und der Übersetzung, vorbehalten.

© 1975 bei Bjarne B. Reuter
Titel des Originalwerks: Kidnapping
Erschienen bei International Children's Book Service,
Gentofte/Dänemark

ISBN 3-588-00001-1
Einband Helmuth Malzkorn
Gesamtherstellung:
Konkordia GmbH für Druck und Verlag, Bühl/Baden

1

Damals, als ich noch kleiner war, wohnten wir auf einem Hof für kinderreiche Familien. Der Hof war gepflastert, und es gab Kellerräume und ein Tor, durch das man aber nachts lieber nicht ging, weil es dort zu gefährlich war. Besser ging man durch den Keller ins Haus. Meine Eltern und mein Onkel wohnten in dem Zimmer mit Teppichboden, wir Kinder in dem anderen, das keinen hatte. Mit ‚wir anderen' meine ich mich selber, ich heiße Anders, meine beiden Brüder heißen Oskar und Bertram und schließlich und zuletzt noch Winni, das häßlichste Mädchen des ganzen Viertels.
Eigentlich ging es uns dort mitten im Ort ganz ausgezeichnet. Aber dann bekam meine Mutter Arbeit in Vanlöse, und da sagte mein Vater zu unserem Onkel Georg: „Für Bertha wird's zuviel, jeden Tag diese Strecke mit dem Rad hin und zurück." Deswegen zogen wir um. Zum Glück hatten wir nicht viele Möbel, und die alte Kommode war Vater und Onkel Georg zu schwer. Die ließen wir stehen.
Mein Vater geht nicht zur Arbeit, wie andere Männer. Er sagt, daß er sich dafür nicht eignet. Aber ich habe gehört, wie Mutter zu Oskar gesagt hat, er bekommt keine Arbeit, weil er als junger Mensch zweimal im Gefängnis gesessen hat. Trotzdem kommt

es vor, daß er sich das eine oder andere vornimmt. Besonders, wenn unser Onkel auftaucht. Wie damals, als er und Onkel Georg zwei Tage fort waren und dann mit dem Farbfernseher zurückkamen. Leider hatte jemand den Onkel beim „Abholen" erkannt. Deswegen mußte der Onkel in den Untergrund gehen. Bertram flüsterte mir zu, daß der Onkel unter der Erde wohnen sollte. Aber Bertram ist erst sechs Jahre alt, was kann man da schon verlangen! Ich erklärte ihm, daß der Onkel höchstens im Keller bleiben müßte. Aber Oskar behauptete, wir wären beide beknackt. Er ist nämlich ein Jahr älter als ich.
Winni war der Farbfernseher vollkommen egal. Sie hatte ein paar Rosinen geklaut und sich damit hinter den Herd verzogen.
„Kinder, kommt rein!" rief Vater, als er endlich das Ding so weit hatte, daß die Farben nur so in die Stube fluteten.

Es war einfach fantastisch! Ein Mann hatte einen grünen Kopf und dunkelrote Augen.
Mutter rief: „Winni!" Aber die blieb in der Küche hocken. Na, da gab's Theater! Winnis dämliches Geheule war schuld daran, daß wir kaum verstehen konnten, was der grüne Kerl alles redete.
„Winni sollte die Klauerei sein lassen!" sagte Oskar wütend. Vater warf ihm einen schiefen Blick zu und starrte dann auf seine Hände.
Aber eigentlich wollte ich ja was ganz anderes erzählen, nämlich, was unserem Onkel eines Tages einfiel, als wir gerade Winni gefesselt hatten und an den Marterpfahl binden wollten. Sie hatte mindestens zwanzig Ameisen totgetreten, ohne daß die ihr was getan hatten. Wir anderen sind nämlich gegen Tierquälerei. Bertram meinte, zur Strafe sollte sie die toten Ameisen essen. Aber da fing sie wieder an, auf ihre ganz besondere Art zu jaulen. Wir mußten ihr Bertrams Taschentuch vor den Mund binden. Wenn ich ehrlich sein soll, muß ich zugeben, daß ich immer noch lieber die Ameisen gegessen hätte! Bertrams Taschentuch war Strafe genug.
„Wir brauchen das Tuch nicht so festzubinden", grinste Oskar. „Es klebt fast von selber." Bertram hatte nämlich schon lange einen starken Schnupfen.
Aber dann wurden wir hineingerufen.
Meine Mutter war fort. Sie machte das Treppenhaus in unserer Schule sauber, sollte aber bald zurück sein. Onkel Georg rieb sich die Hände. Vater ging zwischen Stube und Küche hin und her und zog ein böses Gesicht.
„Wo steckt Winni?" fragte er.
„Winni?" Klein-Bertram riß die Augen weit auf. „Die wird wohl in Portugal sein."

Der Bengel kann lügen, daß sich die Balken biegen! Aber dies ging nun doch zu weit.
„Los, bring sie sofort her!" brüllte Vater, und dann gingen Oskar und ich hinaus, um sie zu holen.
Inzwischen war Mutter heimgekehrt.
Als wir alle versammelt waren, erhob sich unser Onkel feierlich. Vater verließ das Zimmer.
„Wie ihr wißt", begann er, „haben wir kein Geld. Das mag wohl eine Zeitlang gehen, aber es geht nicht auf die Dauer."
‚Eigentlich haben wir's doch bis jetzt ganz gut geschafft', dachte ich. ‚Wenn Oskars Hose zu klein wird, erbe ich sie, und wenn sie mir zu eng wird, paßt sie später Bertram. Ebenso geht's mit unseren Gummischuhen.' Außerdem war Mutter wirklich enorm tüchtig im Flicken und Nähen und so. Allerdings muß ich eines zugeben: Mit unserem Essen war nie viel los, wenn ich es mit dem verglich, was sich andere leisten konnten. Mutter sagt selber, daß wir zu wenig Proteine kriegen. „Die klaut uns Winni vor der Nase weg", rief Klein-Bertram, der Proteine und Rosinen verwechselte. Aber nun sagte der Onkel, daß sich alles zum Besseren wenden würde. „Ihr braucht euch bloß mal selber anzusehen, Jungs", sagte er und lächelte. „Schaut doch, wie ihr rumlauft!"
Wir sahen uns gegenseitig an.
„Du siehst einfach schaurig aus", sagte der Onkel zu Klein-Bertram, der von sich selber freilich nur seine geflickte Hose begucken konnte, die in blauen Gummistiefeln steckte.
Es stimmte schon, wir sahen schlimm aus.
„Proletarierlümmel!" hatte Frau Fischer eines Tages gerufen, als sie uns aus der Schule kommen sah. Wir hatten keine Ahnung, was das heißen sollte. Aber am nächsten Tag gelang Otto ein Meisterwurf. Ein mittelgroßer Stein flog gegen Fischers

Fensterscheibe. Die zersplitterte in tausend Scherben, und wir machten, daß wir davonkamen.
„Toller Wurf, das!" sagte Klein-Bertram.
Mit der Scheibe allein war es ja nicht so schlimm. Aber der Stein hatte Herrn Fischers Hinterteil getroffen, als er gerade auf dem Fußboden nach einem Manschettenknopf suchte, der unters Fenster gerollt war. Frau Fischer kam sofort zu meiner Mutter angestürzt, und die versprach, daß sie die Scheibe so schnell wie möglich bezahlen würde. Aber Frau Fischer meinte, es wäre alles nicht so schlimm, wenn wir nicht noch zwei faule Mannsbilder durchschleppen müßten.
Da schlugen wir ihr die Tür vor der Nase zu.
Na, da tobte Mutter aber los! Und erst recht, als wir bloß lachten. Klein-Bertram schlug sogar vor, Mutter sollte Frau Fischer zurückrufen und die ganze Nummer mit ihr wiederholen.
Aber das tat Mutter nicht.
Sie ging hinaus in die Küche und schälte Kartoffeln.
Winni erzählte uns, daß sie Mutter manchmal nachts draußen auf dem Klo weinen hörte.
„Sie hat eben von all dieser Putzerei einen schlimmen Rücken gekriegt", murmelte Oskar.
Aber nun war also ‚Land in Sicht', wie man zu sagen pflegte. Mein Onkel hatte sich den ganz großen Coup ausgedacht. Die Moneten würden nur so rollen.
Unwillkürlich fiel mir der Farbfernseher ein, den wir damals unbedingt haben mußten. Nun stand er in der Ecke herum und glotzte uns dämlich an, weil die Röhre ‚im Eimer' war.
„Warum laßt ihr ihn eigentlich nicht reparieren?" hatte Bertram eines Tages gefragt.
„Weil wir ihn schwarz bekommen haben", hatte der Onkel geknurrt.

„Ich glaube, Onkel Georg ist farbenblind", sagte Bertram. „Der glaubt, der Fernseher ist schwarz. Dabei sieht jeder, daß das Ding braun ist." Sowas muß man sich nun täglich von Bertram anhören.
Aber ich glaube, ich komme zu weit vom Thema ab.
Onkel Georg hatte also den Weg zum großen Reichtum entdeckt. Er sah uns so stolz an, als erwarte er, daß der Beifall nur so über ihn dahinbrausen würde. Doch wir saßen bloß still da und schwiegen uns aus.
Mutter warf Vater einen mißtrauischen Blick zu.
„Du solltest lieber mit Henry zur Arbeitsvermittlung gehen", sagte sie zu ihm.
In der letzten Zeit war Vater nämlich mehrfach dort gewesen, aber wenn er abends nach Hause kam, sagte er jedesmal: „Es ist immer die gleiche Geschichte mit meinen Papieren." Das ist nämlich so: Wenn ein Mensch im Knast gesessen hat, dann kommt das in seine Papiere, und jeder kann es lesen. Ich finde, das ist ungerecht. Wenn man im Kittchen gesessen hat, dann hat man doch schließlich seine Strafe gekriegt.
Mutter ging hinaus, um die Kartoffeln aufzusetzen.
„Können wir die Kinder nicht da heraushalten, Georg?" fragte Vater.
„Auf keinen Fall, Mann!" rief Onkel Georg. „Das ist doch gerade der große Coup!" Er holte eine Zeitung, die schon aufgeschlagen und an einer Stelle rot angestrichen war.
Vater ging hinaus, um Mutter zu helfen.
„Es geht nicht, Henry", hörten wir sie draußen sagen. „Ich will das nicht."
Ich drehte mich auf meinem Stuhl so, daß ich die beiden beobachten konnte. Vater blickte zu Boden und hob hilflos die Hände. „Was sollen wir sonst machen?" fragte er.

Nun war ich erst recht gespannt, was der Onkel mit uns vorhatte. Ich rückte näher zu ihm heran. Das tun wir sonst selten, denn er riecht immer so nach Brillantine und Achselschweiß.
Er legte die Zeitung auf den Fußboden. „Seht ihr den kleinen Bengel da auf dem Bild?" fragte er und zeigte darauf.
Es war ein Knirps, vielleicht fünf oder sechs Jahre alt. Er saß auf einem Pony. Unter dem Bild stand: ‚Bernhard de Milles junior bekam zu seinem sechsten Geburtstag ein Pony geschenkt. Der Millionärssohn wagte sofort einen Ritt auf seinem neuen Freund und bewies dabei außerordentliches Talent für die schwierige Kunst des Reitens. Das linke Bild zeigt den Millionär selbst vor seiner Traumvilla Oz.'
Onkel Georg sah uns mit einem merkwürdigen Lächeln an.
Winni ging hinaus. Sie interessierte sich nicht für den kleinen Millionär. Die Sache langweilte sie, und sie zog es vor, mit ihrer Puppe zu spielen. Bertram bohrte in der Nase.
„Was ist denn mit diesem verwöhnten Bürschchen los?" erkundigte sich Oskar und sah ziemlich sauer aus. Aber Onkel Georg lächelte immer noch hintergründig. Dann schob er seinen dicken Kopf näher zu uns heran und sagte:
„Den holen wir uns! Wir werden ihn kidnappen!"

2

In den nächsten Tagen waren Onkel Georg und unser Vater selten daheim. Vater fuhr jeden Tag in die Stadt zur Arbeitsvermittlung und kam abends immer müde und sauer nach Hause, manchmal war er auch ein bißchen beschwipst. Aber der Onkel wurde von Tag zu Tag vergnügter. Niemand ahnte, womit er sich beschäftigte.

„Wann kommt denn endlich der mit dem Pony?" erkundigte sich Klein-Bertram eines Abends.

„Immer langsam, junger Freund!" sagte der Onkel und trug etwas in sein Notizbuch ein, daß es alle sehen konnten.

Vater und er redeten in diesen Tagen nicht viel miteinander. Ich glaube zwar nicht, daß sie sich gezankt hatten, aber sie sprachen einfach nicht oft zusammen. Das war zu der Zeit, als unsere Mutter ins Krankenhaus mußte.

Als wir eines Tages von der Schule kamen, war sie fort. Was ihr fehlte, weiß ich nicht. Aber Vater sagte, daß es etwas mit dem Bauch wäre und sie bestimmt bald wieder nach Hause käme.

„Eure Mutter wird wohl im Krankenhaus sterben", sagte Ole eines Abends. Er hatte Erbsen und Mais zu essen bekommen. Das stellten wir fest, nachdem Oskar ihm kräftig eins auf den Bauch gegeben hatte. Ole mußte brechen.

„Man soll keinen schlagen, der kleiner ist", sagte Tove, Oles Halbschwester.
„Was für'n Quatsch!" schrie Oskar. „Wenn man das nicht darf, gibt's ja niemals 'ne Prügelei!"
Als wir heimgingen, beschlossen wir, daß wir wieder Oles Abendessen untersuchen wollten, wenn er nochmal so frech würde.
Nun mußten Winni und Vater kochen, Oskar und ich übernahmen Mutters Putzerei. Winni war gar nicht mal so dämlich beim Kochen, aber von ihrem Reisbrei hatten wir doch bald genug.
Vater besuchte Mutter jeden Tag, und eines Tages klaute Klein-Bertram ein paar von Frau Mortensens Tulpen. Er wickelte sie in Zeitungspapier, und Vater nahm sie für Mutter mit.
An einem dieser Abende zog der Onkel mich und Oskar beiseite.
„Hört mal, wißt ihr, was ‚Kidnapping' ist?"
Oskar wußte es: Es bedeutete, daß jemand ein Kind klaute und es erst wieder zurückgab, wenn die Eltern eine Masse Geld dafür bezahlt hatten.
Anerkennend klopfte ihm der Onkel die Wange.
„Könnt ihr euch noch an den kleinen Burschen auf dem Pony erinnern?" fragte er uns.
Klar konnten wir das.
„Seine Eltern", flüsterte der Onkel, „haben unheimlich viel Geld, weil sie das Finanzamt betrügen. Deswegen werden wir uns den kleinen Bernhard mal für kurze Zeit ausleihen und eine halbe Million für ihn verlangen."
Ich fand, die Sache ging zu weit. Sie war für uns eine Nummer zu groß. Ich konnte nicht glauben, daß es Erwachsene gäbe, die soviel Geld für einen kleinen Jungen ausgeben wollten.

„Doch", grinste der Onkel. „Das kannst du felsenfest glauben. Die werden schon wollen!"
„Wieso denn? Die brauchten doch nur noch mal ein Kind zu kriegen", wandte ich ein.
„Halt den Schnabel, Anders!" sagte Oskar. „Die sind in diesen kleinen Rotzlöffel vielleicht total vernarrt."
„Genau, Oskar", sagte der Onkel. „So ist es!" Er sah Oskar anerkennend an. „Die werden sogar liebend gern für ihn zahlen."
Ich überlegte, wie es wäre, wenn jemand Winni entführte. Das wäre gar nicht so schlimm: wir hätten endlich mehr Platz im Bett und auch im Zimmer. Außerdem war sie so häßlich wie keine andere. Nicht mal zehn Öre würden wir geben, um sie zurückzukriegen.
„Sie wohnen ziemlich weit weg", sagte der Onkel. „Aber ich bin in den letzten Tagen dort gewesen und habe mich überzeugt, wie einfach alles zu machen ist. Hört mal zu: Jeden Vormittag geht ein Kindermädchen mit Bernhard aus. Erst kaufen sie Verschiedenes ein, dann spazieren sie in den Park, wo es einen Spielplatz mit Wippen und Schaukeln und so gibt. Da bleiben sie ungefähr eine Stunde, und in dieser Zeit können wir ihn schnappen."
„Und was wird mit dem Kindermädchen?" fragte Oskar.
Wieder klopfte der Onkel ihm lobend die Backe.
„Das ist genau der Punkt, bei dem ihr in Erscheinung tretet", flüsterte er. „In ein paar Tagen gibt's Pfingstferien. Dann wird euer Onkel Georg einen Wagen mieten, und wir fahren alle nach Norden und holen den kleinen Bengel."
„Soll er etwa hier bei uns bleiben?" fragte ich.
„Ja, bis wir den Zaster haben", nickte der Onkel.
Das klang alles ganz einfach. Aber dann kam Klein-Bertram

und wollte wissen, was er dabei zu tun hätte. Der Onkel erklärte es ihm, aber Oskar und ich meldeten sofort Bedenken gegen eine Beteiligung von Klein-Bertram an. Der konnte wirklich nicht mitmachen! Bertram saß auf dem Fußboden und spielte mit einem Auto, das alle vier Räder verloren hatte.

„Doch, der kommt mit!" sagte Onkel Georg. „Er und der kleine Bengel, sie sind im gleichen Alter. Das paßt wie die Faust aufs Auge. Die beiden müssen in Kontakt miteinander kommen . . ." Bertram nickte, als ob er derjenige wäre, von dem alles abhinge.

„Aber", sagte der Onkel warnend, „verratet bloß euren Eltern nichts davon! Es soll eine Überraschung für sie werden!"

3

Am Abend gingen wir zur Müllkippe hinunter und sprachen von der Kidnapperei. Sowas muß ja geübt werden. Darüber waren wir uns einig.
Da Bertram im selben Alter war wie Bernhard, sollte er den Entführten spielen. Wir setzten ihn auf eine alte Matratze und sagten ihm, daß er so tun sollte, als ob das eine Schaukel wäre und als kennte er uns gar nicht.
Bertram ist ganz toll im Verstellen. Aber er sagte: „Es muß so eine Schaukel mit einem Traktorreifen sein, sonst kann ich das nicht!"
„Jaja", sagte Oskar. „Schaukle nur!"
Dann schlichen wir an der Hecke entlang und krochen von hinten an ihn heran.
„Jetzt!" flüsterte Oskar. Wir warfen uns auf ihn und schleppten ihn zum Häuschen neben dem Müllplatz.
„Wir spielen lieber, daß ich auf einem Pferd reite!" sagte Bertram.
Der Kerl ist wirklich dümmer, als die Polizei erlaubt.
„Quatsch!" rief Oskar. „Das können wir doch nicht spielen!"
Dann übten wir alles nochmal, aber nun verlangte der dumme Bengel, daß wir so tun sollten, er stände auf einem Karussell,

und als wir über ihn herfielen, schrie er, wir sollten erst das Karussell anhalten, dabei benahm er sich noch unmöglicher als zuvor.
„Wie gut, daß wir den nicht rauben sollen", sagte ich zu Oskar, der jetzt doch meinte, Bertram solle lieber aus dem Spiel bleiben.
An diesem Abend kam unser Lehrer zu uns, um mit Vater zu sprechen. Wir standen gerade in der Küche und wuschen ab, als es an der Tür klingelte.
Eigentlich ist Herr Olsen ein netter Mann. Oskar und ich finden, daß er zu den besseren Lehrern gehört.
Vater wurde ganz rot und sagte gleich dreimal hintereinander: „Bitte, kommen Sie doch herein!" Ich sah, wie der Onkel alle Papiere in die Kommodenschublade feuerte. Dann stand er schnell auf und fing an zu pfeifen. Oskar war in den letzten 14 Tagen nicht allzu oft in der Schule gewesen, das wußte ich. Und außerdem hatte er unsere Zeugnisse selber unterschrieben. Aber lange blieb Herr Olsen nicht, und als er fort war, sagte Vater nur, daß wir zu Bett gehen sollten.
„Wann kommt Mutter nach Haus?" fragte Winni. Sie stand in der Küche und wusch, und Bertram half ihr, obwohl er eigentlich nur alles noch schmutziger machte.
„Ein bißchen wird's schon noch dauern", sagte Vater, strich über seine Bartstoppeln und kratzte sich am Unterhemd.
Während der letzten drei Tage war er nicht mehr in der Stadt gewesen. Er hatte wohl oder übel das Treppenputzen übernehmen müssen, nachdem sich die Wohnungsbaugesellschaft über Oskars und meine ‚Saubermacherei' beklagt hatte. Ich hatte versucht, Laufjunge beim Kaufmann zu werden, aber der hatte mich bloß angeglotzt und mich gefragt, ob ich ihn für schwachsinnig hielte.

Auf solche Frage antwortet man eigentlich nicht, aber ich hatte Bertram mitgenommen, und der sagte ganz deutlich „Ja!" Leider war gerade eine Menge Kunden im Laden. Der Kaufmann hätte uns fast hinausgeschmissen.
„Was kann man denn von denen schon erwarten!" hatte Frau Mottensen zu Frau Andersen gesagt.
„Der schmeißen wir heute abend einen Backstein ins Fenster", flüsterte Bertram, als wir draußen waren.
Aber was hätte das geholfen! Die würden doch nur wieder sagen: Was kann man denn von denen schon anderes erwarten! In gewisser Hinsicht wäre ich lieber wieder in der Stadt gewesen, genau wie Mutter. Natürlich konnten uns die Erwachsenen dort auch ganz schön auf den Hacken sitzen. Aber hier waren es immer nur Bertram, Oskar und ich, auf die alles geschoben wurde. Ich habe Erwachsene noch nie leiden können. Schlimm, daß man selber eines Tages erwachsen ist! Oskar freute sich schon mächtig darauf. Dann könnte er auch die Kinder herumkommandieren. Nein, ich finde, Erwachsene sind merkwürdig! Einmal hab' ich beobachtet, wie Herr Fredriksen Edgar eine geklebt hat, weil Edgar einen geschlagen hatte, der kleiner war als er selber.
Das ist doch wirklich blöd!

4

Am Tag vor den Pfingstferien fuhren Oskar, der Onkel und ich hinaus in den Vorort, in dem der Millionär wohnte. In der Gegend waren wir noch nie gewesen. Wir kamen uns vor wie in einem fremden Land.
Es war ein schöner, warmer Sommertag. Onkel Georg trug einen Schlips und war frisch rasiert. Vor der Fahrt hatte er uns schön gekämmt und gesagt, daß wir unsere saubersten Sachen anziehen sollten.
Als wir aus dem Zug stiegen, nahm er uns an die Hand wie kleine Kinder, die vielleicht weglaufen könnten. Er kaufte uns jedem eine Lakritzestange und für sich selber eine riesige Zigarre.
Wir gingen und gingen.
Schließlich standen wir an einem kleinen Weg. Man hörte nichts anderes als das Surren der Rasenmäher. Die Häuser waren alle weiß und riesig groß. In einem Garten liefen Kinder mit zwei Hunden herum, in einem anderen saßen alte Leute und tranken Kaffee. Die Terrasse war so groß, daß die drei alten Leute ganz winzig darauf wirkten.
Plötzlich blieb der Onkel stehen und bückte sich zu uns herunter. „Da wohnt er!" sagte er und deutete auf ein Haus, wie ich

noch niemals eins gesehen hatte. Es lag zwischen lauter Bäumen auf einer kleinen Anhöhe. Die Gartenpforte war mindestens drei oder vier Meter hoch und zehn Meter breit. Ein langer Weg führte zum Haus hinauf. Oskar sagte, das wäre eine Allee. Das Haus selber war so groß, daß bequem zwanzig Familien darin wohnen konnten.

„Kommt!" sagte der Onkel. „Wir haben noch viel zu tun."

So trotteten wir wieder zurück, vorbei an allen Geschäften, in denen das Kindermädchen einkaufte, ehe sie mit dem Kleinen auf den Spielplatz ging.

Wir blieben stehen und sahen ein paar Kindern zu, die in einem Sandkasten umherhüpften.

Hier also sollte übermorgen das große Ding gedreht werden!

Auf dem Heimweg verlangte Onkel Georg plötzlich von uns,

daß wir aus dem Zug steigen sollten. Er sagte, es wäre jemand drin, dem er ungern begegnen wollte. Später hörte ich von Oskar, daß es der Schaffner gewesen wäre, dem der Onkel lieber aus dem Wege ging. Er hatte nämlich ‚vergessen', Fahrkarten für uns zu kaufen. Der nächste Zug ging erst in zwanzig Minuten.

Am ersten Ferientag regnete es. Wir saßen in der Stube und vertrieben uns die Zeit, indem wir mit Murmeln auf Zinnsoldaten warfen. Wer die meisten traf, hatte gewonnen. Vater war in die Stadt gefahren, um Mutter zu besuchen. Der Onkel war fort und wollte mit einem alten Freund reden, der ihm ein Auto leihen sollte.

Das mit dem Auto war noch das Beste. Wir brauchten es für den großen Coup.

Als Onkel Georg zurückkam, stürzten wir sofort ans Fenster, aber kein Auto war zu sehen.

„Es steht woanders", grinste er. „Schließlich muß die ganze Sache unauffällig ablaufen. Merkt euch das!"

Nachdem er uns soviel Geld versprochen hatte, würden wir bestimmt keinem etwas sagen.

Ehe Vater heimkam, schickte der Onkel Winni in den Ort, um Zigaretten zu kaufen. Kaum war sie fort, als er zu uns sagte: „Nun setzt euch mal auf den Fußboden und haltet die Klappe!"

Dann fing er an, uns seinen Plan zu entwickeln.

„Morgen vormittag um zehn", sagte er ernst, „fahren wir dahin, wo wir vorgestern waren. Schaut euch dieses Bild noch einmal genau an!" Er reichte uns das Foto von Bernhard auf dem Pony. Wir starrten es an, aber wir fanden nicht, daß Bernhard sich von anderen Jungen dieses Alters unterschied.

„Und wenn er nun das Pony bei sich hat?" fragte Bertram. „Was wird dann?"

„Er hat es nicht mit", knurrte der Onkel. „Vermutlich wird er sich bei den Schaukeln oder bei den Wippen aufhalten. Und nun hört mal genau zu! Dies ist jetzt sehr, sehr wichtig: Ihr geht ganz natürlich und unbefangen auf den Spielplatz."
„Sollen sie nicht hinschleichen?" unterbrach ihn Bertram.
Wir blickten ihn an und gaben es auf. Seine Nase lief.
„Na ja, vorgestern habt ihr's doch auch getan!" fuhr er auf.
„Nein!" brüllte der Onkel. „So hör doch endlich auf, zum Teufel nochmal!"
Bertram zog ein verständnisloses und beleidigtes Gesicht, und der Onkel fuhr fort:
„Ihr geht also seelenruhig dorthin und fangt an zu spielen. Nach einer Weile müßt ihr zusehen, daß ihr mit Bernhard ins Gespräch kommt ... Merkt euch: Direkt neben dem Spielplatz liegt ein Klohäuschen. Erzählt ihm, ihr hättet dort was Aufregendes versteckt. Seht zu, daß ihr ihn dahinbekommt, aber das Kindermädchen darf nichts davon merken! Es sitzt wahrscheinlich auf einer Bank und liest oder strickt. Wenn ihr ihn bis zum Häuschen gelockt habt, sagt ihr ihm, das, was ihr ihm zeigen wolltet, läge unten auf dem Parkplatz. Dann geht ihr ganz gemütlich mit ihm dahin. Der Parkplatz ist gut hundert Meter vom Spielplatz entfernt. Und wenn ihr erstmal dort seid, schaffe ich den Rest schon selber. Einverstanden?"
Wir nickten.
„Gut, dann erkläre ich alles noch einmal."
Wieder fing der Onkel an.
„Du hast vergessen, daß das Kindermädchen strickt", unterbrach ihn Bertram.
„Das ist doch nebensächlich!" rief der Onkel gereizt.
Dann kam Winni mit den Zigaretten, und wir gingen hinaus und spielten.

Bertram fragte, ob wir üben wollten, aber wir taten so, als hätten wir die Frage gar nicht gehört. Es gab aufregendere Sachen zum Nachdenken als sein Kleinkindergeschwätz.
„Wir müssen sehr schlau vorgehen", sagte Oskar. „Wenn wir uns dumm anstellen und auch nur den kleinsten Fehler machen, geht die Sache schief, und dann wird Onkel Georg wild."
Ich merkte, wie es in meinem Magen zu kribbeln begann.
„Stell dir bloß mal all das viele Geld vor!" sagte Oskar träumerisch. Und das taten wir denn auch.
Bertram wollte sechs Millionen Spielautos kaufen und zehn Napoleonschnitten. Oskar war auf eine wasserdichte Uhr scharf und auf eine Harpune, die er mal auf einem Reklamebild in der Hand eines Jungen gesehen hatte. Ich hatte keine Ahnung, was ich mit dem vielen Geld machen wollte. Vielleicht, so dachte ich, könnte ich ein ähnliches Haus kaufen wie das, in dem Bernhard wohnte, mit einem Garten, einem Hund und einem Rasenmäher.
Leider konnten Oskar und ich nachher im Bett nicht mehr darüber sprechen, denn wir liegen alle so eng beieinander, Winni hätte jedes Wort verstehen können. Plötzlich mußte ich darüber nachdenken, wie Winni sich in der letzten Zeit verändert hatte. Sie war nicht mehr ganz so häßlich, und alles, was sie zu Hause tun mußte, seit Mutter im Krankenhaus lag, machte sie eigentlich sehr gut.
Aber gerade jetzt hätte ich gut auf sie verzichten können. Es wäre schön gewesen, wenn Oskar und ich noch einmal alles für den nächsten Tag durchgesprochen hätten.
Ich merkte, wie mein aufgeregter Magen mich am Einschlafen hinderte. Auch Oskar lag noch immer mit offenen Augen da. Bertram schlief natürlich, hatte zwei Finger in den Mund gesteckt und nuckelte daran. Ich biß ins Kopfkissen und fing an,

mit den Zehen zu wackeln. Ich konnte nicht stilliegen. Aber ich mußte doch schlafen, sonst würde ich am nächsten Tag nichts leisten können. Oskar beugte sich über mich.
„Sag mal, was hat er wohl für ein Auto bekommen, mit dem wir morgen fahren sollen?"
„Na, doch wohl so eins von diesen blitzschnellen Flitzern wie im Film", antwortete ich.
„Glaubst du, daß Vater eine Ahnung von der Sache hat?" flüsterte er.
Ich schüttelte den Kopf, erinnerte mich aber, daß Vater den Onkel gefragt hatte, ob er wirklich wisse, was er täte.
Onkel Georg hatte ihm die Pläne gegeben, aber Vater war nur aufs Klo hinausgegangen und hatte die Zisterne überprüft, die nicht in Ordnung war.
Draußen war es noch ganz hell. Der kleine Bengel liegt jetzt wohl in seinem riesengroßen Schlafzimmer und träumte von seinem Pony und von seinen unvorstellbar vielen Spielsachen.
„Geld ist nicht alles", pflegte Vater zu sagen. „Aber es ist angenehm, wenn man's hat", fügte er immer hinzu.
Oskar beugte sich wieder über mich.
„Es ist absolut ungesetzlich, das weißt du doch auch", flüsterte er mir zu.
Natürlich wußte ich das. Aber nachgedacht hatte ich über diese Seite der Angelegenheit noch nicht.
Ich schaute zu Klein-Bertram hinüber, der unentwegt an seinen Fingern lutschte. Der hatte überhaupt noch nichts weiter begriffen, als daß er morgen mit uns fortfahren und auf einem großen Spielplatz spielen sollte. Im August würde er in die Schule kommen, der Arme! Er würde lernen, wie man Unterschriften unter Arbeiten und Zeugnissen fälscht und würde erfahren, was für ein armer Teufel er war. Aber das alles konnte

sich ja morgen ändern. Und im übrigen konnten wir nichts dafür, daß unsere Eltern arme Leute waren, weil unser Vater keine Arbeit kriegen konnte und unsere Mutter im Krankenhaus lag.
Warum waren die einen arm und die anderen reich? Das mußte geändert werden. Darum sollten sich die Minister mal kümmern. Wenn ich groß war, wollte ich Minister werden und alles besser machen.
Man brauchte sich doch bloß mal diesen Kurt aus Nummer fünf anzusehen: Der hatte nicht nur ein Fahrrad für sich allein, sondern auch noch einen Dynamo. In unserer ganzen Familie aber gab es nur ein einziges Rad, und das durfte keines von uns Kindern benutzen.

5

Es war erst kurz nach vier, als ich aufwachte.
Draußen war es noch ganz still. Meine Geschwister atmeten ruhig im gleichen Takt. Ich wußte, daß ich nicht mehr schlafen konnte und gab deswegen Oskar einen leichten Schubs. Er grunzte nur und drehte mir den Rücken zu. Noch ehe ich ihm den entscheidenden Stoß verpassen konnte, fragte er dann aber doch: „Was ist denn?"
„Gar nichts", erwiderte ich. „Wie wär's mit einem kleinen Spaziergang?"
Mit einem Ruck setzte er sich auf. Dann beugte er sich vor und hob das Rollo ein wenig hoch. In dünnen Strahlen sickerte das Morgenlicht herein und beleuchtete die Risse in der Wand. Komisch, ich sah zum ersten Mal, daß der Putz an vielen Stellen abgeblättert war. Oskar stieg aus dem Bett und schlich zu seinen Kleidern. Ich folgte ihm eilig.
Zum Glück wohnen wir parterre. Es ist also kein Problem für uns, aus dem Fenster zu klettern.
Als Oskar das Fenster öffnete, fuhr ein frischer Wind in das dumpfige Zimmer. Ich hatte das Gefühl, als würde ich vogelleicht und flöge hoch hinauf in die Luft.
Oskar sprang auf den Bürgersteig. Ich legte mich mit dem

Bauch aufs Fensterbrett und ließ mich hinuntergleiten. Noch ehe ich unten landete, steckte Klein-Bertram sein verschlafenes Gesicht unter dem Rollo hindurch. Er rieb sich die Augen.
„Nun hast du ihn doch geweckt, du Knallkopf!" sagte Oskar.
„Zieh dir was über dein Nachtzeug, Bertram!" fügte er leise hinzu. Bertram verschwand wieder im Zimmer.
„Komm, wir hauen ab!" sagte Oskar und lief auf die Straße.
„Nein, dann weckt er doch nur Vater und Onkel Georg auf. Wir müssen ihn schon mitnehmen", widersprach ich.
Dann tauchte Bertram wieder auf. Natürlich hatte der Clown sein Hemd verkehrt herum angezogen.
„Komm schon!" sagte ich und fing ihn auf.
Erst als er auf dem Boden stand, sahen wir, daß er nichts an den Füßen trug. Ich kletterte also noch einmal hinein, um ein paar Gummistiefel für ihn zu holen. Im Halbdunkel griff ich aber die falschen und erwischte nur meine eigenen. Es blieb keine Zeit mehr, nochmals raufzuklettern. Er mußte sie also anziehen.
Wir trollten uns bergab hinter den neuen Häusern entlang, hinunter zum Müllplatz. Dort unten hatten wir schon die sonderbarsten Sachen gefunden. Unser Fahrrad zum Beispiel be-

steht aus lauter Einzelteilen, die wir dort aufgesammelt haben. Einmal habe ich eine ganze Puppenstube gefunden, für die Winni Gottweißwas gegeben hätte. Aber ich kam damit nicht bis zu uns. Kjeld und Helga haben sie mir vor ihrer eigenen Haustür abgenommen. Es ist ein riesiger Müllplatz mit hohen Bergen von

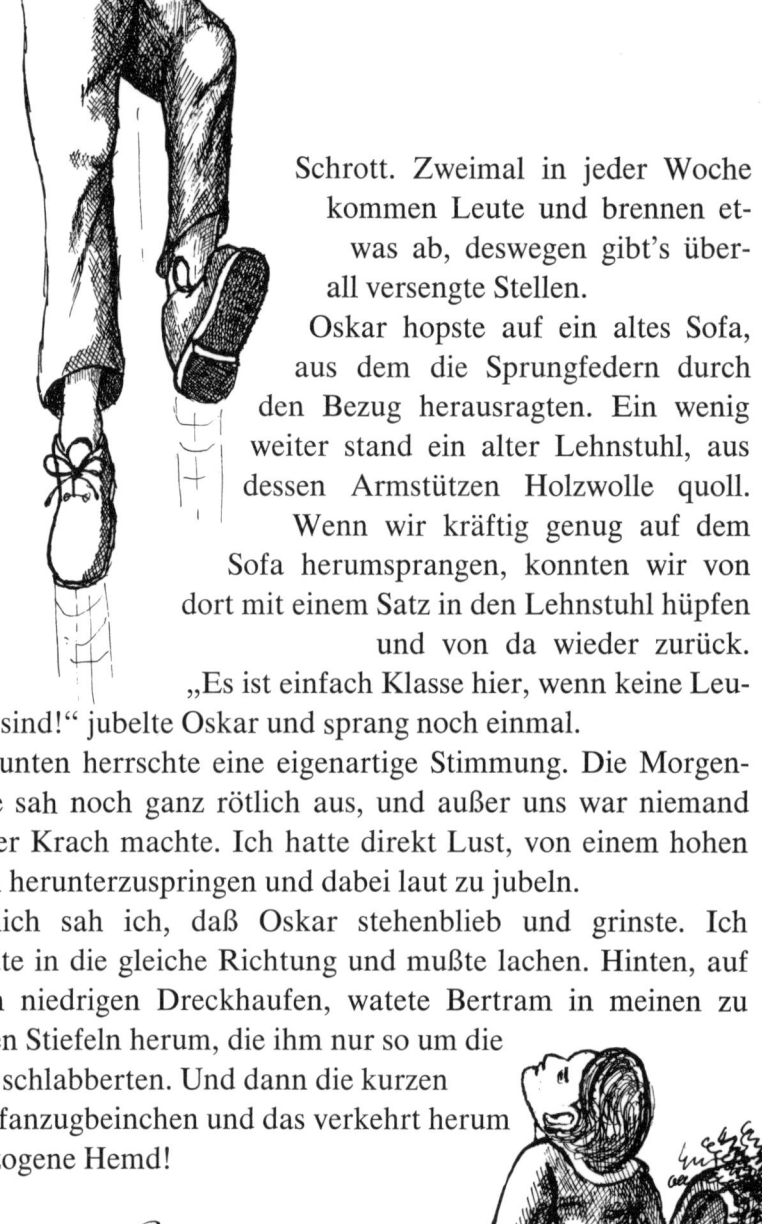

Schrott. Zweimal in jeder Woche kommen Leute und brennen etwas ab, deswegen gibt's überall versengte Stellen.

Oskar hopste auf ein altes Sofa, aus dem die Sprungfedern durch den Bezug herausragten. Ein wenig weiter stand ein alter Lehnstuhl, aus dessen Armstützen Holzwolle quoll.

Wenn wir kräftig genug auf dem Sofa herumsprangen, konnten wir von dort mit einem Satz in den Lehnstuhl hüpfen und von da wieder zurück.

„Es ist einfach Klasse hier, wenn keine Leute da sind!" jubelte Oskar und sprang noch einmal.

Hier unten herrschte eine eigenartige Stimmung. Die Morgensonne sah noch ganz rötlich aus, und außer uns war niemand da, der Krach machte. Ich hatte direkt Lust, von einem hohen Turm herunterzuspringen und dabei laut zu jubeln.

Plötzlich sah ich, daß Oskar stehenblieb und grinste. Ich schaute in die gleiche Richtung und mußte lachen. Hinten, auf einem niedrigen Dreckhaufen, watete Bertram in meinen zu großen Stiefeln herum, die ihm nur so um die Füße schlabberten. Und dann die kurzen Schlafanzugbeinchen und das verkehrt herum angezogene Hemd!

„Wie ein Schattenriß vor der Sonne sieht er aus!" sagte Oskar. Bertram bückte sich, um irgend etwas näher zu untersuchen. Langsam erwachten Geräusche rundum, und ich merkte, daß meine Gedanken um das zu kreisen begannen, was in wenigen Stunden geschehen sollte. Wir hatten bis jetzt noch nicht darüber gesprochen, aber ich war ganz sicher, daß auch Oskar daran dachte.

„Heute gibt's eine Mordshitze!" prophezeite Oskar und blickte über den Müllplatz, der zu flimmern schien und seinen süßlichen, fauligen Atem über die Hügel blies. Der Dreck wuchs spürbar von Tag zu Tag, und der Abfallplatz breitete sich immer weiter aus. Irgendwann mußte der Müll uns alle ersticken. Dann würde niemand mehr ahnen, daß es hier jemals etwas anderes gegeben hatte als einen Haufen Dreck. Vielleicht liefen und trampelten wir ja auch schon auf Häusern und Menschen herum, die von Müll überrollt und begraben waren. Mir

war es schon immer idiotisch vorgekommen, daß wir so eng in winzigen Wohnungen hausen mußten, während hier soviel Platz für all den Dreck verschwendet wurde, so als baute jemand ein Klo doppelt so groß wie die ganze übrige Wohnung.
Oskar warf mit Steinchen nach ein paar Möwen.
„Wir müssen heim", sagte er. „Es ist schon fünf Uhr vorbei."
Aber er ging auf den Schutthalden weiter.
„Kommt mal!" rief er. „Da liegt eine tote Möwe!"
Ich lief zu ihm.
Der Vogel hatte sich mit einem Bein in einem Tau verheddert, das ganz von Teer verklebt war.
„Wahrscheinlich hat sie sich nicht mehr befreien können und ist verhungert", vermutete Oskar.
Fliegenschwärme surrten in die Höhe, als wir das tote Tier mit den Füßen berührten.
„Pfui, wie das stinkt!" sagte Oskar. „Komm, laß uns machen, daß wir wegkommen!"
Ich blickte mich nach Klein-Bertram um, aber der war hinter dem Schlackenberg verschwunden.
„Bertraham!" schrie ich. Aber er antwortete nicht.
Wir suchten nach ihm und fanden ihn auf einem alten Sofa. Dort lag er und schnarchte.
„Schau ihn dir an!" sagte Oskar. „Sieht er nicht wie ein kleiner Clown aus in deinen großen Stiefeln und dem scheußlichen Babyzeug?"
Eigentlich fand ich ihn niedlich.
Oskar schüttelte ihn ein bißchen. Er wachte sofort auf. „Ich hab' von einem großen Pony geträumt", erzählte er, als wir heimgingen.
„Ein großes Pony ist kein Pony, es ist ein Pferd", erklärte Oskar.

„Nein, ein Pferd ist größer als ein großes Pony!" rief Bertram.
„Ein Pony ist ein kleines Pferd", sagte Oskar, „und ein großes Pferd ist ein Pony!" fügte er energisch hinzu.
Ich sah ihn an. Er wußte ganz genau, welch einen Unsinn er schwafelte, aber Bertram hatte das offensichtlich noch nicht gemerkt.
„Ich bin also immerzu auf dem großen Pony geritten", fuhr er fort, „und schließlich kamen wir ans Meer, und da haben wir einen großen Hai totgeschlagen."
„Du hast überhaupt noch nie ein Pony gesehen, du Blödmann", meckerte Oskar. Aber Bertram behauptete, daß er schon Tausende von Ponys gesehen hätte.
Wir stiegen wieder durchs Fenster zurück. Oskar zuerst, dann ich. Klein-Bertram blieb stehen und starrte einen Stein an, den er gefunden hatte. Wir hievten ihn hinauf.
„Ich bin auf einem Pony geritten", fing er wieder an. „Ganz weit. Über große Wiesen, zu anderen Ponys und zu Kühen."
Ich mußte ihm erst mal aus seinem Hemd helfen.

6

Um neun weckte uns Onkel Georg. Er riß unsere Decken fort und rief: „Nun aber raus mit euch!" Wir waren sofort hellwach. Da stand er und trug unsere Sonntagssachen unter dem Arm. Winni rumorte in der Küche.
Als wir uns angezogen hatten, gingen wir zum Onkel in die Stube. Da erklärte er uns noch einmal seinen Plan, sehr langsam.
„Warum genügt's denn nicht, wenn wir einfach das Pony mitnehmen?" fragte Bertram.
„Können wir den kleinen Spinner denn nicht hierlassen?" fragte Oskar, ohne uns anzusehen.
Der Onkel schaute uns ungeduldig an. „Wir wollen lieber machen, daß wir endlich wegkommen!" sagte er. Ich sah Oskar an, der plötzlich so nervös wirkte. Er kaute an seinen Nägeln. Das war kein gutes Zeichen.
Wir gingen um den Häuserblock zum Leuchtturm hinunter. Das Auto stand dort in einer schmalen Seitengasse und war ganz anders, als wir es uns vorgestellt hatten, nämlich total verdreckt. Sein Motor wollte auch nicht anspringen. Oskar wollte unbedingt vorn sitzen, aber Onkel Georg sagte, wir sollten uns ruhig verhalten und uns anständig auf die hinteren

Sitze setzen. Und dann ging's ab nach Norden.
Ich dachte: ‚Die Leute, die uns jetzt sehen, werden glauben, daß uns das Auto gehört und daß der Onkel unser Vater ist.'
„Versuch doch mal, ob du nicht ein bißchen mehr Gas geben kannst, Onkel!" sagte Oskar. Aber Onkel Georg hörte nicht auf ihn. Er qualmte eine Zigarette nach der anderen und blickte stur geradeaus.
Als wir uns der bewußten Gegend näherten, spürte ich, wie sich mein Magen immer mehr verkrampfte. Oskar schwieg und biß auf seinen Nägeln herum. Ich erkannte die Geschäfte wieder, an denen wir vor zwei Tagen vorbeigegangen waren.
Der Onkel hielt am Bordstein, und wir stiegen aus.
„Ich verlaß' mich auf euch", sagte er. Und dann bog er in eine Seitenstraße ein.
Meine Beine fingen an zu zittern. Ich erwartete jeden Augenblick, ein Polizeiauto könnte auftauchen.
„Dafür können wir ins Gefängnis kommen!" sagte ich.
„Quatsch!" murrte Oskar. Er biß auf seinen Nägeln herum, daß es nur so knackte.
„Ich will aber nicht ins Gefängnis!" sagte Bertram ernst. Plötzlich sah ich den kleinen Clown vor mir, wie er durch ein großes Gefängnis irrte, wo die Mauern feucht und kalt waren und die Fenster vergittert. In gestreiften Sachen und mit einer Eisenkugel am Bein humpelte Klein-Bertram dort herum.
Wie hübsch Bertram eigentlich war! Hellblond und mit kugelrundem Kopf und so dicken, roten Backen, als bliese er Posaune. So etwas wie das hier dürfte er gar nicht mitmachen!
„Los, wir müssen weiter, damit wir's bald hinter uns haben!" sagte Oskar und blieb stehen.
Ich spürte, wie mein Herz immer heftiger pochte. Wir schlenderten hinüber zum Spielplatz.

Aber als wir dort ankamen, sahen wir nur ein einziges Kind, einen kleinen Jungen, im Sandkasten hocken. Ein junges Mädchen saß auf einer Bank und las in einem Buch.
„Was nun?" flüsterte ich.
„Immer mit der Ruhe!" stammelte Oskar und schaute unsicher um sich. Klein-Bertram lief plötzlich zu den Schaukeln hinüber und setzte sich auf eine.
Oskar holte tief Luft. Dann ging er zum Sandkasten, während ich Bertram nachlief, um die nächste Phase unseres Planes vorzubereiten. Oskar setzte sich auf den Rand des Sandkastens, ein wenig von dem Jungen entfernt, rückte dann aber immer näher an ihn heran.
Er fing an, mit dem Kleinen zu reden, aber aus der Entfernung konnte ich nicht verstehen, was er sagte.

„Wann fahren wir eigentlich wieder weg?" erkundigte sich Bertram. Ich bekam einen schönen Schrecken!
„Halt bloß den Mund, du kleiner Idiot! Willst du etwa das Ganze verderben?" fauchte ich ihn an und sah zu dem Kindermädchen hinüber. Es gab mir richtig einen Ruck: Die beiden im Sandkasten standen auf!
Ich wartete darauf, daß nun ein Streifenwagen mit Geheul auf den Spielplatz gejagt käme. Aber es blieb weiter so still, als wären wir die einzigen Menschen auf der Welt.
Oskar gab mir ein Zeichen.
„Komm, Bertram!" flüsterte ich.
„Nein, ich will schaukeln!" knörte er. Ich mußte ihn aus der Schaukel zerren.
„Wo wollt ihr denn hin?" rief das Kindermädchen plötzlich.
Mein ganzer Körper versteifte sich. Nun war's passiert! ‚Jetzt kommen wir ins Kittchen!' dachte ich. Aber der Junge sagte nur: „Wir wollen bloß mal 'rübergehen und was Spannendes ansehen!"
Das Kindermädchen nickte und machte sich wieder an ihr Buch. Wir aber trafen uns draußen auf der Straße.
„Tag!" sagte ich und versuchte zu lächeln.
Als wir uns dem Häuschen näherten, sagte Oskar, daß das Spannende drüben im Auto läge, und der Kleine kam willig mit.
„Stimmt es, daß du ein Pony hast?" fragte Bertram plötzlich.
Oskar und ich starrten uns an und beeilten uns, von all dem Tollen und Spannenden zu reden, was drüben im Auto zu finden wäre. Zwischendurch gab ich dem kleinen Clown ordentlich eins auf den Hintern.
Nun waren wir auf dem Parkplatz angelangt. Ich sah mich noch einmal um, aber kein Polizeiauto verfolgte uns.

„Was sollen wir denn hier?" fragte der Junge.
In diesem Augenblick rollte Onkel Georg langsam mit dem Auto auf uns zu. Vor uns bremste er scharf und öffnete die hintere Tür.
„Rein mit euch!" rief er. Oskar und ich warfen den Kleinen auf den Rücksitz. Bertram konnte gerade noch so eben reinspringen, während der Onkel wie der Blitz wendete, Gas gab und davondonnerte.
Der Junge schaute uns an. „Wo geht's denn hin?" fragte er.
„Zu uns nach Hause", sagte Klein-Bertram.
Der Onkel fuhr drauflos wie der Teufel, aber als er an der Ampel halten mußte, die auf Rot stand, drehte er sich zu uns um. „Nun reg dich nur nicht auf, Bernhardchen", sagte er ganz freundlich. „Wir tun dir nichts."
Der Junge sah ihn an.
„Ich heiße Hans", sagte er.

7

Der Onkel griff zum Schaltknüppel und nickte dem Jungen freundlich zu. Aber plötzlich erstarrte sein Grinsen.
„Was sagst du da, mein Kleiner?" knurrte er zwischen den Zähnen und starrte den Knirps an.
„Er wird's wohl gar nicht sein", stammelte ich.
„Klar bin ich's", sagte der Bursche sauer.
„Und wie heißt du weiter, Hans?" erkundigte sich der Onkel und machte ein Gesicht, als wollte er gleich losheulen.
„Michelsen", antwortete der Kleine.
„Und du hast garantiert kein Pony!" sagte Bertram.
Aber da wendete der Onkel in solcher Eile, daß wir auf dem hinteren Sitz nur durcheinanderkegelten. Er gab viel Gas und überholte Autos, die gerade dabei waren, andere zu überholen. Zehn Minuten später standen wir wieder auf dem Parkplatz.
„Seht zu, daß ihr ihn rauskriegt und bringt ihn schön ruhig zum Spielplatz zurück!" sagte er. „Aber beeilt euch!"
Wir hievten den Kleinen aus dem Wagen und stürmten mit ihm in der Mitte zum Spielplatz, wo inzwischen noch andere Kinder aufgetaucht waren.
„Gut, daß du kommst, Hans!" rief das Kindermädchen. „Wir müssen jetzt heim!"

„Vielen Dank für die Fahrt!" rief Hans und lief zum Kindermädchen hinüber.
„Das Auto gehört uns!" schrie Bertram hinter ihm her.
Oskar packte ihn fest am Arm, benahm sich aber plötzlich, als hätte ihn jemand hypnotisiert. Er ließ Bertram los und drehte sich zu mir um.
„Siehst du den da?" fragte er mich und nickte mit dem Kopf zu den Schaukeln hinüber. Da saß ein Junge in Bertrams Alter und schaukelte.
Du heiliger Strohsack!
Das war er! Tatsache! Diesmal gab's keinen Zweifel!
Ich spürte, wie das Herz hundertsiebzig mal pro Minute in meiner Brust hämmerte. Da verschwand auch schon Hans Michelsen mit dem Mädchen aus dem Park.
„Was machen wir bloß? Was sollen wir machen?" flüsterte ich.
Oskar biß weiter auf seinen Nägeln herum. Diesmal kaute er bis auf die Wurzeln.
„Immer mit der Ruhe", stöhnte er und schien vor Nervosität zu platzen.
Ich sah ein, daß dieses Mal ich an der Reihe war und ging zu den Schaukeln hinüber und setzte mich in eine von ihnen.
Oskar warf einen Blick auf das Kindermädchen, das gerade eine Apfelsine schälte.
„Bernhard!" rief sie. „Komm, nimm etwas von der Apfelsine!"
„Neihein!" schrie er zurück. „Ich mag den Scheiß nicht essen!"
Mein Hals war vollkommen ausgetrocknet, meine Lippen mahlten, als wäre Klee dazwischen.
Ich sah ihn an.
„Ma ... Ma ... magst du ... du ... ein ... bißchen sch ... schaukeln?" fragte ich ihn.
Er glotzte mich nur an. Ich versuchte, Oskars Aufmerksamkeit

auf mich zu lenken. Aber der stand nur da und biß auf seinen verdammten Nägeln herum.

„Eh ... unten am Parkplatz ... eh, da ham ... wir ... was ... mächtig Spannendes", sagte ich und versuchte, mich zusammenzunehmen.

„Was denn?" erkundigte sich der Kleine und sah mißtrauisch aus.

Womit sollte ich ihn denn bloß anlocken? Der verwöhnte Makker besaß ja alles, was es zwischen Himmel und Erde gibt!

„Ein Geheimnis", flüsterte ich. „Willst du's sehen?"

Er nickte und sprang von der Schaukel. Ich gab Oskar einen verstohlenen Wink, und er kam gleich zu uns herüber.

„Komm, Freundchen", stammelte er und sah so aus, als könnte er jeden Augenblick explodieren. Aber vermutlich waren wir beide puterrot im Gesicht.

Ich habe einmal im Warenhaus einen Riegel Schokolade geklaut. Aber solch einen Weg wie damals mit dem Diebesgut zum Ausgang werde ich nie im Leben noch einmal machen. Es war mir zumute, als ob meine Kleider durchsichtig wären und alle Leute im Warenhaus die geklaute Schokolade sehen könnten. Genauso fühlte ich mich jetzt.

Wir kamen zur Straße.

„Wo willst du denn hin, Bernhard?" rief das Kindermädchen hinter ihm her und stand auf.

„Bloß ein Geheimnis ansehen!" schrie er ihr zu und ging weiter. Ich sah, daß sie sich wieder hinsetzte.

Als wir vom Spielplatz aus nicht mehr gesehen werden konnten, packten wir ihn bei den Armen und rannten auf den Parkplatz zu.

„Das ist doch schwachsinnig!" sagte er nur.

Er war schwerer, als wir gedacht hatten, und ich fand ja auch,

daß er ein bißchen nachhelfen könnte. Aber schließlich bogen wir doch mit ihm auf den Parkplatz ein. Der Wagen von unserem Onkel stand dort, halb hinter einem Trecker versteckt, und wir stürmten hinüber. Während der Onkel zurücksetzte, schmissen wir Bernhard schon auf den Rücksitz, und noch bevor wir die Türen zugeschlagen hatten, fuhr der Onkel so heftig los, daß sich hinter uns eine riesige Staubwolke erhob.
„Ist alles gutgegangen?" fragte er, ohne sich umzudrehen.
„Ja", sagte ich schnell.
„Und den anderen habt ihr gut wieder abgeliefert?"
„Jaja", sagte Oskar.
„Das ist gut!" seufzte der Onkel erleichtert. „Gib mir doch mal die Sonnenbrille, Bertram, sie liegt hinten!"
Oskars Augen fielen ihm fast aus dem Kopf. Er preßte die Faust in den Mund. Ich zitterte am ganzen Körper.
„Du Heiliger! Wir haben Bertram ganz vergessen!"
„Onkel", fing ich langsam an. „Es war nicht Bertram, den wir mitgebracht haben. Wir sind . . ." Ich sank zusammen. „. . . wir haben einen anderen mitgebracht!"
Der Onkel warf einen Blick in den Rückspiegel. Dabei machte er ein Gesicht, als sähe er ein Gespenst. Dann fing er an, ganz langsam, hysterisch loszukichern: „Hihihihi!" Aber plötzlich kreischten die Reifen, und der Wagen flog nach rechts in eine Nebenstraße. Eine alte Dame hat vermutlich in diesem Augenblick den Weltrekord im Seniorenschnellauf gebrochen. Sonst wäre sie überfahren worden.
Der Onkel hielt an der Seite. Ich hatte ehrlich Angst, daß er zusammenbrechen könnte.
„Das . . . das . . . das ist er ja", stotterte er und zeigte auf Bernhard, der aber nur ein gleichgültiges Gesicht machte.
„Ja, Onkel Georg", sagte Oskar. „Wir haben ihn erwischt."

Es wurde immer schlimmer mit dem Gesichtsausdruck des Onkels. Seine Lippen zuckten, seine Hände fuhren unaufhörlich durchs Haar.
„Laß doch Bertram ruhig da. Den holen wir morgen!" versuchte ich, ihn zu beruhigen. Aber der Onkel sah mich nur fast mitleidig an. Dann wendete er den Wagen und donnerte zum zweiten Mal hinunter auf den Parkplatz.
Ich war sicher, daß der Platz bereits von Polizisten mit Schäferhunden und Walkie-Talkies umzingelt war. Aber als wir dort ankamen, war offensichtlich alles wie zuvor.
„Sollen wir eben mal hinüberlaufen und nach Klein-Bertram schauen?" fragte Oskar mit dünner Stimme.
„Gute Idee, Oskar, wirklich eine gute Idee!" sagte der Onkel allzu sanft. Er war offenbar kurz davor, verrückt zu werden.
Wir stiegen aus.
„Nehmt den da mit!" schrie der Onkel und zeigte auf Bernhard. Wir starrten ihn an. „Ja, aber wollen wir denn nicht..."
„Nein!" brüllte der Onkel. „Holt ihn raus!"
Wir hievten Bernhard hinaus, der ruhig dagesessen und sich mit irgendwas beschäftigt hatte. Er begriff uns überhaupt nicht. Der Onkel rief uns. Bernhard ging hinten um den Wagen herum.
„Hört zu!" tuschelte er. „Seht zu, daß ihr den Jungen ohne Aufsehen abliefert und schafft Bertram sofort her, auf der Stelle!"
Bernhard stopfte etwas in seine Tasche, als wir zum Spielplatz hinübergingen, aber ich dachte nicht weiter darüber nach damals!
Als wir zu den Schaukeln und Wippen zurückkamen, sagte Bernhard, daß er die Fahrt mächtig dufte gefunden hätte.
„Na, das ist ja schön, mein Freund", lächelte Oskar und blickte mich an.
Drüben im Sandkasten sah ich Bertrams kleinen runden Kopf

herausragen. Bernhard ging zu seinem Kindermädchen.
Oskar erblickte nun auch Bertram.
„Los, geh hin und zieh ihn an den Haaren herbei!" knurrte er.
Ich hätte echt Lust dazu gehabt, aber ich rief dann doch nur nach ihm.
Aber er reagierte überhaupt nicht. Dann rief Oskar.
„Nein, Oskar, ich spiele!" antwortete Bertram, ohne aufzuschauen.
Nun wurde es uns aber zu dumm. Mit fünf Schritten war ich bei ihm und hatte mich schon dermaßen aufgeregt, daß ich am liebsten meinen Kopf in seinen Bauch gerammt hätte. Aber als ich dann sah, daß er mit einem Kran spielte, den er sich von einem anderen kleinen Bengel ausgeliehen hatte, fand ich, daß man nicht zu hart mit ihm umgehen konnte. Solch einen Kran hatte er selbst nie besessen, und er würde wohl auch nie einen bekommen.
„Wir müssen jetzt weg, der Onkel wartet", sagte ich nur.
„Ach ...", sagte er und stand auf. Dann flüsterte er mir zu: „Glaubst du, daß wir den Kran klauen könnten?"
Sein kleines rundes Gesicht bekam einen pfiffigen Ausdruck.
„Sowas kann man nicht machen!" sagte ich und hob ihn zu Oskar hinüber, der ihn auffing.
„Soll der jetzt auch mit euch fahren?" rief Bernhard plötzlich herüber. Er stand bei seinem Kindermädchen, das ihn mit Apfelsinen fütterte.
Wir blieben sofort stehen, das Kindermädchen nahm seine Sonnenbrille ab und blickte von uns zu Bernhard und wieder zurück.
„Nun wird's aber Zeit zum Abhauen!" flüsterte Oskar aufgeregt. Aber ich versuchte, ihm klarzumachen, daß es jetzt gerade darauf ankäme, nicht wie verrückt loszusausen.

„Was sagst du?" fragte ich ihn und versuchte, das Kindermädchen anzulächeln. Sie sah Bernhard an und sagte: „Hör endlich mit dem Quatsch auf und iß deine Apfelsine!"
Gott sei Dank!
Wir wollten gerade gehen, da zog Bernhard plötzlich ein rotes Büchlein aus der Tasche. Er schaute uns an.
„Seht mal", sagte er munter, „da hab' ich mir eure Autonummer aufgeschrieben. Die sammle ich nämlich!"
Während sich das Mädchen über das Büchlein bückte, riß Oskar Bertram mit, und wir stürmten zum Parkplatz hinunter.
„Ich will auch Autonummern sammeln", heulte Bertram den ganzen Weg entlang.
Total erschöpft langten wir bei Onkels Auto an. Er sah Bertram mißtrauisch an. „Mach, daß du rein kommst, du Zicklein", sagte er.
„Nein, warte einen Augenblick", sagte Klein-Bertram. „Ich will erst unsere Autonummer aufschreiben."
Oskar grinste, pfiff und sang gleichzeitig los.
Der Onkel fuhr den Wagen rückwärts raus.
„Doch, ich will, Oskar!" schrie Bertram. „Genauso wie der anre, du weißt schon; was der kann, kann ich auch!"
Der Onkel bremste heftig. Er starrte Oskar und mich an.
„Es stimmt, leider Gottes", murmelte ich. „Bernhard hat sich unsere Nummer aufgeschrieben. Aber er sammelt welche, bestimmt hat er Hunderte davon. Also, was tut's schon! Er wird nicht drauf kommen, uns anzuzeigen . . . warum denn auch? Onkel . . ."
Plötzlich heulte Oskar los. Er warf sich vornüber und schluchzte wie wild; der Onkel aber rief: „Hör auf damit!" Bertram wollte immer noch die Nummer aufschreiben. Ich hatte größte Lust, einfach auszusteigen und mich aus dem Staube zu machen. Aber

nach und nach hörten sie alle drei auf. Der Onkel sah aus, als wäre er in der kurzen Zeit zehn Jahre älter geworden. Müde fuhr er sich mit den Fingern durch die Haare.
„Wir müssen unbedingt das Notizbuch kriegen!" sagte er dann.
„Juhuu!" schrie Klein-Bertram. „Dann bekomm' ich's doch, nicht wahr, Onkel Georg?"
Der Onkel tat, als hörte er ihn nicht. Oskar sah verzweifelt zum Fenster hinaus.
„Begreift ihr denn nicht, wie gefährlich dieses Buch für uns ist?" fing der Onkel wieder an.
Und ob wir das begriffen! Wir standen kurz vor der Verurteilung! Wegen versuchten Kindesraubs auf den elektrischen Stuhl . . .
Da war ich auch so weit, daß ich zu heulen anfing.

8

Onkel Georg zündete seine letzte Zigarette an.
„Oskar", sagte er, „mach, daß du rüberkommst, und sieh nach, ob Bernhard und das Kindermädchen immer noch dort sind! Wenn ja, dann sag ihnen ganz ruhig und freundlich, daß du auf dem Parkplatz noch ein ganz ungewöhnliches Auto entdeckt hast und frag ihn, ob er sich die Nummer nicht aufschreiben möchte."
Oskar wischte sich die Tränen aus den Augen und trottete mit gesenktem Kopf los.
„Beeil dich doch, Bursche!" schrie ihm der Onkel aus dem Fenster nach.
Oskar lief los und war kurz darauf verschwunden.
In diesem Augenblick bog ein Polizeiauto auf den Parkplatz ein. Ich weiß selber nicht, warum ich es tat, aber ich warf mich auf den Boden des Wagens. Offensichtlich hatte der Onkel die Polizisten noch nicht bemerkt.
„Da kommen die Bullen!" sagte Bertram.
Ich schwindle nicht, wenn ich sage, daß sich meinem Onkel die Nackenhaare sträubten. Aber sonst rührte er sich nicht.
Das Polizeiauto rollte langsam heran und hielt neben uns. Ich machte mir selber Mut und schaute hoch.

„Setz dich doch anständig hin, Anders, zum Teufel!" knurrte der Onkel. Also setzte ich mich wieder brav auf meinen Platz.
Da kam Oskar von der Straße herübergelaufen, aber beim Anblick des Polizeiautos machte er auf dem Absatz kehrt und stürzte in die entgegengesetzte Richtung.
„Oh nein . . . auch das noch!" stöhnte der Onkel.
Aber der Polizeiwagen fuhr weiter, zum anderen Ende des Parkplatzes. Als er außer Sichtweite war, kam Oskar angelaufen.
„Dich sollte man bei lebendigem Leibe auf offenem Feuer grillen", fauchte der Onkel wütend. „Was ist denn das für ein Benehmen?"
Oskar hüpfte auf den Rücksitz.
„Als ich auf den Spielplatz kam, gingen sie gerade weg", brachte er keuchend hervor.
„Du solltest auf einem lebendigen Wild geröstet werden", sagte Klein-Bertram zu Oskar, der ganz verwirrt dreinschaute.
Der Onkel wendete den Wagen und fuhr zur Villenstraße, in der Bernhard wohnte.
Gerade als wir um die Ecke bogen, sahen wir die beiden ein Stückchen weiter auf der Straße stehen und mit einem älteren Mann reden.
„Na, im Augenblick können wir das Notizbuch wohl nicht kriegen", meinte Oskar.
„Wir könnten sie nur totschlagen", sagte Bertram.
„Wir sind keine Verbrecher!" sagte Onkel Georg zornig. „Wir brauchen bloß dringend Geld."
Wieder wendete er und fuhr zu einem Telefonhäuschen, um Vater anzurufen und ihm zu sagen, daß es wohl ziemlich spät werden könnte, bis wir nach Hause kämen.
Inzwischen war es ein Uhr geworden. Wahrscheinlich mußten

Bernhard und sein Kindermädchen heim zum Lunch. Wir hielten deswegen eine Beratung im Wagen ab.
Es war wirklich eine äußerst friedliche Villenstraße. Die hohen Bäume breiteten ihre Äste noch über die Hecken aus, und in den Garagen standen große und teure Wagen und ruhten sich aus. Verdrießlich betrachtete der Onkel die großen Paläste.
„Uns fehlt das Geld, den restlichen Plan auszuführen", erklärte er.
„Oder, richtiger gesagt, den neuen. Wir müssen nämlich den Anbruch der Dunkelheit abwarten und haben weder Verpflegung noch Zigaretten bei uns."
„Können wir denn nicht bis morgen warten?" erkundigte ich mich.
„Bist du besemmelt?" schrie er. „Bis dahin sind sie uns doch längst auf der Spur. Es ist nur noch eine Frage der Zeit."
„Ja, aber wir haben doch gar nichts angestellt", sagte Oskar.
„Nein", gab der Onkel zu. „Aber wenn mich die Polizei erst mal beim Wickel hat, wo ich doch, hm, naja, vorbestraft bin, dann ist der Teufel los. Auf diese Weise zwingen sie unsereinen ja förmlich, das Gesetz zu brechen."
„Seht doch mal, da oben!" Klein-Bertram wies auf eine grüne Rasenfläche. Dort ging eine Dame hin und her und deckte einen Tisch. Einen Augenblick saßen wir wie gebannt da und starrten auf ungeahnte Mengen von Essen, die sie in den Garten schleppte.
„Nein, das halte ich nicht mehr aus!" sagte Oskar. „Ich kann's einfach nicht mehr mit ansehen!"
„Soviel ich sehe, hat sie für drei gedeckt", murmelte der Onkel.
„Es scheint so, als ob sie Gäste erwartete. Hört mal zu, Kinder", sagte er plötzlich mit seiner alten Lebhaftigkeit, „jetzt werden wir uns mal was Gutes antun und den Bauch vollschlagen. Du,

Bertram, gehst zur Haustür und klingelst. Wenn sie kommt und dich fragt, was du willst, sagst du irgendwas. So kriegen wir die Dame von ihrem Tisch da draußen weg. Sie muß den ganzen Weg durchs Haus machen, während Oskar und Anders inzwischen über den Zaun springen und sich von allem ein wenig ausleihen."

Ich schaute das Haus an, das so groß war. Es mußte wahrhaftig unheimlich lange dauern, bis man vom Garten zur Haustür kam, die hinter einer hohen Hecke verborgen war.

„Toll!" jubelte Oskar und klopfte sich auf den Bauch. „Die Frau hat sowieso reichlich. Außerdem ist es schön, wenn man sich mal was Einfacheres vornimmt, nach allem, was man durchgemacht hat."

Der Onkel nickte stolz.

„Sobald die Dame wieder auftaucht, läufst du zur Haustür und klingelst, Bertramchen. Und ihr Burschen seid dann bereit!"

Wir nickten eifrig.

Da kam die Dame gerade wieder mit einer großen Schüssel aus dem Haus.

„Was soll ich denn sagen?" fragte Klein-Bertram.

„Ach, irgendwas. Wie spät es ist, oder ob sie vielleicht alte Zeitungen hat", sagte der Onkel.

Da lief Bertram hinüber zum Haupteingang. Wir saßen auf dem Sprung. Oskar und ich waren einmal einen ganzen Tag herumgelaufen und hatten alte Zeitungen gesammelt. Wir bekamen einen Haufen zusammen, der fast einen Meter hoch war. Aber der Mann, dem wir das Papier verkaufen wollten, behauptete, es sei nur 25 Öre wert.

„Jetzt!" flüsterte der Onkel. Wir sahen die Dame durch die Terrassentür ins Haus gehen. Blitzschnell, aber leise wie Hofkatzen auf Spatzenjagd, liefen wir zum Garten hinüber.

„Mensch, hoffentlich haben die keinen Köter!" sagte Oskar besorgt, als wir uns der Hecke näherten. Mit zehn langen, leisen Sprüngen waren wir am Tisch, und ich kann nur versichern, daß dort jede Menge Essen stand. Wir waren einfach überwältigt von dem Anblick. Was sollten wir nehmen? Es war ja so viel da, und von allem hätten wir gern probiert.

Rasch zog ich mein Hemd aus, damit wir die Eßwaren hineinpacken konnten: Frikadellen, Knackwürste, Steaks, Heringsgläser, Schinken, Salate in Schüsseln und ein Haufen Gemüsezeugs, auch allerhand Obst – alles wurde ins Hemd hineingestopft. Dann stürmten wir zum Auto, wo der Onkel uns voller Lob und Anerkennung die Wangen klopfte und sich außerdem gleichzeitig vier Frikadellen in den Mund stopfte.

Wir brauchten uns ja auch nicht so furchtbar zu beeilen, denn Bertram gelang es, die Sache an der Tür wunderbar in die Länge zu ziehen.

„Versucht doch mal, auf den Tisch zu gucken!" sagte Oskar schmatzend.

Ich warf einen Blick hinüber und mußte zugeben, daß es dort schlimm aussah. Wir hatten tatsächlich das meiste mitgenommen. Welch eine Unordnung hatten wir hinterlassen!

„Ach, die hat in der Speisekammer garantiert noch mehr von allem", sagte der Onkel beruhigend.

Plötzlich kam ein schwerer, schwarzer Wagen angerollt und hielt vor dem Haus.

Dem armen Onkel blieb vor Schreck das Essen im Halse stecken. Ein Herr und eine Dame stiegen aus und gingen den gleichen Weg entlang, auf dem Bertram vor kurzem verschwunden war.

„Zum Teufel!" sagte Onkel Georg, und dabei hing ihm die Knackwurst aus beiden Mundwinkeln heraus.

Er wendete den Wagen und war zur Flucht bereit.
Da kam auch schon Klein-Bertram mit einem kleinen Fahrgestell an, auf dem ein hoher Berg alter Zeitungen lag.

9

Nun wurde es dem Onkel wirklich zu bunt. Ich muß zugeben, daß sich keiner von uns hätte träumen lassen, welchen Erfolg Bertram bei seiner Papiersammlung haben würde. Jetzt hieß es handeln, und zwar schnell. Es würde nämlich gar nicht mehr lange dauern, bis die Dame und ihre Gäste den beraubten Tisch entdecken mußten.
Der Onkel riß sich zusammen. Er fuhr zu Bertram hinüber, der neben dem hohen Berg von Zeitungen noch winziger aussah als sonst.
„Los, rein mit dir!" rief Oskar. Aber der Onkel meinte doch, es wäre am klügsten, wenn wir erst mal die Zeitungen an Bord hievten, damit durch Zurückgelassenes kein Verdacht geweckt würde. Deswegen stopften wir die Hälfte der Zeitungen auf den Vordersitz und mußten uns hinten mit dem Rest irgendwie arrangieren.
Als wir eilends davonbrausten, sah ich, wie Oskar Bertram in den Po kniff. Daß aber auch solch ein winziger Knirps schon so ein großer Idiot sein konnte!
Der Onkel fuhr ums Viertel und erklärte uns dabei, wie er sich den Verlauf des Abends und der Nacht vorstellte.
„Unser Hauptproblem", sagte er, „ist, daß wir verschiedene

Sachen brauchen. Es geht ja vor allem darum, daß ihr in das große Haus hineinkommt."
Oskar warf mir einen Blick zu. Ich wußte haargenau, was er dachte. Das klang wahrhaftig nicht so, als käme etwas Gutes dabei heraus. Eher das Gegenteil!
Der Onkel teilte seinen Plan in drei Phasen auf:
1. Wo liegt Bernhards Zimmer? Erforschung des Weges.
2. Wie kommt man hinein? Ausforschung der Möglichkeiten.
3. Wie kommen wir weg? Erforschung des Fluchtweges.
Punkt zwei des vorliegenden Planes war der schwierigste, und vor allem für diese Aufgabe brauchten wir bestimmte Dinge.
Nun hieß es, den Nachmittag vernünftig zu verwenden. Vor uns lag eine Menge Spionagearbeit. Wir mußten herausfinden, wo in dem riesigen Haus Bernhards Zimmer lag.
Der Onkel meinte, daß Oskar und ich uns glänzend zur Spionage eigneten, er selber dagegen leider gar nicht.
Wir fuhren zu der kleinen Straße, in der Bernhard wohnte. Oskar und ich wurden beauftragt, aus dem Wagen zu steigen, Augen und Ohren zu gebrauchen und gut auf uns selber aufzupassen.
Wir gingen an dem schwarzen Gittertor vorbei, wo gerade zwei Männer damit beschäftigt waren, farbige Lichter anzubringen. Ein bißchen weiter hatten sie schon einen Pfahl in die Erde gesteckt und ein Schild daran festgeklopft. Darauf stand mit schön gemalten Buchstaben: ‚WILLKOMMEN'!
Wir krochen an der hohen Hecke entlang und fanden schließlich ein Loch, durch das wir uns zwängen konnten.
Der Garten fiel zur Hecke hin ab, die das ganze Grundstück wie eine Mauer umgab. Das Haus lag auf einer kleinen Anhöhe. Es wäre viel zu gefährlich gewesen, hätten wir uns ihm weiter genähert, denn da weder Büsche noch Bäume ums Haus standen,

gab es kein einziges Versteck. Andererseits hatte es keinen Sinn, hier liegen zu bleiben und hinüberzuglotzen.

„So kriegen wir nichts heraus", sagte Oskar ärgerlich, und ich mußte ihm zustimmen. Es war und blieb unmöglich!

Wir schlichen zurück zum Loch in der Hecke und schlängelten uns wieder hinaus auf die Straße.

„Komm", sagte Oskar, „wir gehen zu Onkel Georg zurück und sagen ihm, wie's ist. Dann müssen wir den Plan aufgeben."

„Der wird schön wild werden!" sagte ich.

Aber das war Oskar egal. Er war die ganze Sache einfach leid. Und im übrigen fand er den ganzen Plan miserabel. Wenn wir doch in dieses verflixte Haus hinein müßten, dann könnten wir's auch gleich versuchen, anstatt so ein Theater zu veranstalten.

Doch als wir zurückkamen und die niederschmetternde Neuigkeiten loswerden wollten, strahlte der Onkel wie die Sonne. Klein-Bertram saß da und schleckte an einem großen Eis.

„Seht mal", lächelte der Onkel, „sieht er nicht schön aus?"

Bertram hatte sich das Eis um den ganzen Hals herumgeschmiert. Wir starrten ihn an, fanden ihn aber im ganzen unverändert.

„Los, kommt jetzt rein! Für euch ist auch Eis da!" sagte Onkel Georg.

Er nickte uns lächelnd zu, während wir unsere Portionen auswickelten.

„Tja", sagte er und blinzelte uns zu. Hatte er etwa inzwischen den Verstand verloren?

„Hier zwischen diesen alten Zeitungen lag eine, die erst ein paar Tage alt ist, und da habe ich eine Meldung gefunden, die uns etwas angeht. Hört einmal zu:

Wieder veranstaltet die Familie de Milles in ihrem schönen Millionärsheim zu Pfingsten ein Kostümfest, zu dem mehr als hundert prominente und unbekannte Gäste erwartet werden."

Über dem Text war ein Bild vom vergangenen Jahr zu sehen. Eine große Menschenmenge in allen möglichen Verkleidungen stand dicht gedrängt zusammen. In der Mitte hielt eine dicke Dame in einer Art Morgenrock einen großen Pokal in den Händen, den Preis für das beste Kostüm.
Wir sahen unseren Onkel an, der immer noch lächelte.
„Das Fest wird heute abend stattfinden", sagte er und kniff Oskar in die Wange. „Und wißt ihr was? Ihr macht mit!"
„Was? Wir sollen da mitmachen?" schrien wir wie aus einem Munde.
„Ja", nickte er. „Ihr werdet am Kostümfest der Millionäre teilnehmen!"
„Aber hör mal, wie sollen wir denn da überhaupt reinkommen?" fragte ich. „Das wird gar nicht so leicht sein."
„Und wir haben ja auch gar nichts zum Anziehen", erklärte Oskar.
Doch unser Onkel lächelte nur noch breiter.
„Erstens", sagte er, „kommt da solch ein Haufen Leute, daß zwei mehr oder weniger gar nicht auffallen. Das merken die gar nicht. Zweitens hab' ich mir die Sache mit dem Zeug zum Anziehen auch schon überlegt, lieber Oskar."
Er stieg aus dem Wagen und öffnete den Kofferraum.
„Da, seht selbst", sagte er und warf Oskar und mir etwas Schwarzes an den Kopf. Es waren ein langer schwarzer Überzieher und ein weicher Hut.
„Hast du das etwa gekauft?" erkundigte ich mich.
„Nein", sagte er. „Es gehört dem Freund, der mir das Auto geliehen hat. Ist es nicht großartig?"
Fröhlich summte er vor sich hin und wir schauten ihn erstaunt wortlos an.
Ich war von dem Plan nicht begeistert. Keineswegs! Alle, die

zu solch einem Fest eingeladen waren, mußten doch wohl steinreiche Leute sein, Multimillionäre und Milliardäre, die noch nie in ihrem Leben arme Leute gesehen hatten, höchstens vielleicht auf Bildern oder im Fernsehen.
„Erinnert ihr euch noch an den letzten Fastnachtsabend?" fragte der Onkel. „Da hatten sich doch ein paar von euch, dabei auch unsere Winni, als feine Leute verkleidet. Wißt ihr noch?"
Ich erinnerte mich noch genau daran, daß Winni und ein Mädchen namens Jytte sich immerzu juckten und kratzten, bis es einen selber richtig kribbelte. Sie hatten sich mit einem Lippenstift und Augenschminke viel zu dick eingeschmiert und die Fingernägel feuerrot angemalt, so daß sie eher aussahen wie Clowns, aber nicht wie Damen, wie auch immer Damen aussehen mögen.
„Wenn ihr in diesem Zeug hier auftretet, glauben alle, daß ihr genau so reiche Millionäre seid wie sie selber, daß ihr euch bloß als arme Leute verkleidet habt. Ist das nicht eine geniale Idee? Ich hab' mir alles bis in die kleinste Einzelheit überlegt. Nichts soll dem Zufall überlassen . . ."
Ehe er zu einem allzu unerfreulichen Selbstlob übergehen konnte, unterbrach ich ihn: „Nein, Onkel, das Ding ist eine Nummer zu groß für uns! Darauf fällt keiner rein. Stell dir mal vor: da kommen drei Kinder uneingeladen zum Kostümfest der Millionäre und zwar in ihren eigenen armseligen Klamotten, und da soll keiner Verdacht schöpfen? Nein, das glaubst du doch selber nicht! Es geht einfach nicht."
Der Onkel klopfte mir die Wange.
„Du irrst dich in einem Punkt, Anders!" sagte er. „Es kommen nicht drei Kinder, sondern ein Erwachsener und ein Kind."
„Dann sollen wohl Anders und ich hierbleiben?" fragte Oskar hoffnungsvoll.

„Nein", sagte der Onkel ernst. „Ihr müßt immer eine Möglichkeit zur Flucht haben. Das ist der dritte Punkt meines Planes, nämlich mein Auto, auf das wir uns jederzeit verlassen können. Von euch kann ja nun mal keiner fahren, also muß ich mich leider im Auto bereithalten. Schließlich geht's um eure Sicherheit!"
„Aber wieso redest du dann von einem Erwachsenen und einem Kind?" fragte Oskar.
„Ganz einfach!" sagte der Onkel. „Seht euch mal diesen schwarzen Mantel an! Der ist doch ziemlich lang, oder? Und du hast doch Riesenkräfte, Oskar, oder nicht? Du kannst Anders mühelos auf den Schultern herumtragen. Er zieht den schwarzen Mantel an, und zusammen seid ihr mächtig groß. Dann brauchen wir für Anders nur noch einen Vollbart, und die Sache ist geritzt!"
Ich mußte gestehen, die Idee war nicht so verrückt, wie ich anfangs glaubte. Wir probierten es sofort aus. Als ich erst mal auf Oskars Schultern saß und wir den Mantel anhatten, wirkten wir ziemlich echt.
Wir sprangen wieder ins Auto. Oskar fand, es wäre ein Glück, daß er so stark war, denn sonst wäre die Geschichte nicht gegangen.
„Tolles Glück!" sagte der Onkel.
„Und was wird aus Bertram? Soll der sich nicht verkleiden?" fragte ich.
Der Onkel schüttelte leicht verzweifelt den Kopf.
„Habt ihr denn immer noch nicht kapiert, daß ihr arme Leute vorstellen sollt? Klein-Bertram wird bei diesem Kostümfest als ‚Armeleutekind' auftreten", sagte der Onkel.
Wir betrachteten Bertram. Er sah tatsächlich phantastisch ärmlich aus!

Den restlichen Nachmittag verbrachte der Onkel damit, uns zu erklären, wie wir uns verhalten sollten, wenn wir erst einmal ins Haus hineingekommen wären. Es ging darum, daß wir Kontakt mit Bernhard kriegten, von dem wir wußten, daß er auch auf dem Fest war, denn auf dem Bild vom vergangenen Jahr war auch eine Menge Kinder zu sehen.
Es konnte nicht allzu schwierig sein, herauszukriegen, wo sein Zimmer lag.
„Oh nein", sagte Oskar plötzlich. „Es geht nicht. Der Plan läßt sich nicht ausführen. Wir können ihn fallenlassen."
„Aber warum denn?" rief der Onkel. „Was ist denn nun wieder los?"
„Weil Bernhard Klein-Bertram gesehen hat. Er wird ihn wiedererkennen, und dann ist es passiert!"
„Nein, nein, nein!" rief der Onkel. „Das ist es ja gerade, ich meine, das Geniale an meinem Plan! Meine Mutter hat schon immer gesagt, als ich noch klein war, daß meine Begabung unterschätzt würde. Erinnert ihr euch nicht, daß Bertram gar nicht im Auto war, als wir Bernhard hatten? Er hat ihn doch gar nicht richtig gesehen!"
Da mußten wir ihm natürlich recht geben. Vielleicht waren wir einfach zu mißtrauisch gegen alles und jedes, weil bis jetzt alles danebengegangen war.
„Glaubst du, daß es da Sprudel und all sowas gibt, Onkel Georg?" fragte Bertram und strahlte wie ein Honigkuchenpferd.
„Massenhaft!" sagte der Onkel. „Jede Menge. Das ist doch klar!"
Oskar stieß mich an und blinzelte mir zu. Der Plan war wirklich gar nicht so übel!
Aber nun mußten wir versuchen, einen Vollbart aufzutreiben.

10

Wir fuhren zu einem „Spuk- und Spaßgeschäft", und der Onkel ging hinein. Bald darauf kam er mit leeren Händen und schlechter Laune zurück.

„Der einzige Bart, der naturgetreu aussah, kostete 50 Kronen, aber ich hatte nur noch fünfzehn", sagte er.

„Ich hab' mal gesehen, wie sich jemand einen Bart mit einem schwarzen Korken angemalt hat", fing Bertram an.

Aber das konnten wir nicht machen. Ich sollte wie ein Erwachsener aussehen, nicht wie einer, der sich als Erwachsener verkleidet hatte. Es mußte Mißtrauen erwecken, wenn da ein paar Kinder allein zu einem solchen Fest kamen.

„Wir müssen uns was einfallen lassen", sagte der Onkel und trommelte nervös auf dem Schaltknüppel herum.

Ich hatte den Plan schon aufgegeben. Wir waren so arm, daß wir nicht einmal genug Geld hatten, uns wie arme Leute zurechtzumachen; ich meine so, wie andere sich arme Leute vorstellen.

„Dann fahren wir eben nach Hause", sagte ich.

„Nie!" schrie der Onkel und schaute mit wilden Blicken um sich. „Ich hätte keine ruhige Stunde mehr. Nein, das ist zu riskant. Legt euch ein bißchen hin und macht ein Nickerchen.

Heute abend werdet ihr ziemlich lange aufbleiben müssen! Mir wird schon etwas einfallen, während ihr schlaft."
„Ich kann jetzt nicht schlafen", sagte Oskar. „Ich will lieber über eine Lösung nachdenken."
Aber der Onkel meinte, er selber sei der beste Denker. Also legten wir uns auf dem Rücksitz auf die Zeitungen.
Tatsächlich schliefen wir alle drei ein, denn plötzlich wachte ich davon auf, daß die Autotür zugeschlagen wurde. Oskar fuhr auch hoch. Der Onkel drehte sich lächelnd zu uns um.
„Das Problem ist gelöst", flüsterte er stolz.
In der Hand trug er eine braune Tüte.
„Hast du doch noch einen Bart aufgetrieben?" fragte ich.
„Nein", sagte er. „Aber den werden wir gleich haben."
Und dann lächelte er Klein-Bertram an, der immer noch weiterschnarchte. Aus der Tüte zog er eine Schere und eine Tube Kleister.
Oskar sah erst mich, dann Bertram an.
Der Onkel nickte stolz: „Die wachsen doch wieder nach", sagte er und drehte sich zum Rücksitz um.
„Hier, Anders, leg mal das Haar in die Tüte!" verlangte er von mir.
Ich starrte auf Bertrams halblanges, blondes Haar, und der Onkel fing an zu schneiden. Er machte es so behutsam, daß der kleine Bengel nicht mal davon aufwachte. Zehn Minuten später lag Bertram immer noch in der gleichen Stellung und schlief, aber seine Haarlänge betrug nun weniger als einen Zentimeter.
„Teufel nochmal, wie häßlich er aussieht!" flüsterte Oskar und starrte auf den fast kahlen Kopf von Klein-Bertram.
Onkel Georg kommandierte mich auf den Vordersitz. Ich blickte auf das, was in der Tüte war: die Haare und den Kleister. Dann fing er an, mir das klebrige Zeug um den Mund zu

schmieren, so daß ich kaum noch die Lippen bewegen konnte, ohne daß es wehtat.

„Ein Glück, daß ihr alle fast die gleiche Haarfarbe habt!" sagte der Onkel und legte die ersten Haare auf den Kleister unter meiner Nase. Es juckte und kitzelte ganz gemein.

Mir kam es vor, als würde das ein sonderbarer Bart. Aber Onkel Georg und Oskar waren überaus zufrieden damit.

„Du siehst wie ein Erwachsener aus", sagte Oskar neidisch. Als ich mich im Rückspiegel betrachtete, kriegte ich einen Schreck.

„Kann er den Bart verlieren?" erkundigte sich Oskar.

„Unmöglich!" erwiderte der Onkel. „Ich hab' einen Leim genommen, der mit Kontaktleim gemischt ist. Der hält, da kannst du ganz sicher sein!"

Nun wachte Bertram auf. Er setzte sich hoch, machte ein paar schmatzende Bewegungen mit den Lippen und rieb sich die Augen. Der Onkel grinste verlegen und fing an zu pfeifen.

„Hast du dir Anders schon angesehen?" fragte Oskar.

Ich drehte mich zu Klein-Bertram um und werde den Gesichtsausdruck lange nicht vergessen, der auf dem kleinen Eiergesicht erschien.

„Den kenn' ich ja kaum wieder!" sagte er fast erschrocken.

„Glimmre, schimmre ...", summte der Onkel. „Ich kann auch beschwören, daß du dich verändert hast, Anders. Versuch mal, mit tiefer Stimme zu sprechen!"

Ich gab mir alle Mühe, aber wir wurden uns schnell darüber einig, daß ich möglichst wenig reden sollte. Bertram starrte mich mit kugelrunden Augen an.

„Wo hast du denn das ganze Haar her?" fragte er dann.

Oskar schien plötzlich auf seinen Schuhen etwas Interessantes entdeckt zu haben, während Onkel Georg einen Hustenanfall bekam.

„Ja, sieh mal, Bertramchen", sagte ich ... Aber da drehte sich der Onkel zu uns um und fragte, ob Bertram vielleicht gern ein Eis hätte.
Es gab nichts, was ihm lieber gewesen wäre.
Wir sahen den kleinen Kahlkopf zum Kiosk hinüberrennen. Ehrlich gesagt, ich empfand Mitleid mit ihm. Oskar wirkte auch leicht mitgenommen.
Onkel Georg lehnte sich zurück.
„Nun, es würde wohl auch nichts ... eh ... schaden, wenn ihr ... eh ... was Interessantes in der Millionärsvilla fändet, ihr Burschen!"
Noch ehe wir antworten konnten, kam Bertram heulend angestürzt. Er trug eine riesige Eiswaffel in der Hand, während er mit der anderen an seinen abgeschorenen Schädel faßte.
„Ihr habt mir mein Haar weggenommen!" heulte er. „Ihr habt's für Anders' Bart verwendet!" Die Tränen kullerten ihm nur so über die Backen. Als er sich dann aber ans Schokoladeneis machte, hörte er auf zu weinen und schnüffelte nur noch.
Große Wolken zogen herauf. Es konnte an diesem Abend noch ein Gewitter geben.
Inzwischen war es sechs Uhr geworden. Die Zeit zum Aufbruch rückte näher, und ich verspürte wieder das aufgeregte Kribbeln im Magen.
Oskar hatte längst wieder angefangen, an seinen Nägeln herumzuknabbern.

Als wir langsam auf die bewußte Straße zurollten, wurde ich ernstlich nervös. Wir juckelten ja direkt in die Höhle des Löwen hinein. Wenn wir entdeckt wurden, war nichts mehr zu machen. Erst der Versuch mit dem Kidnapping, dann der Einbruch in anderer Leute Haus und zum Schluß gemeiner Diebstahl. Was konnte es schon helfen, wenn wir erklärten, daß unsere Mutter im Krankenhaus lag und unser Vater keine Arbeit kriegen konnte, weil er in früheren Jahren die Gesetze mißachtet hatte und deswegen im Knast gewesen war? Ich war mir klar darüber, daß sich alles zum Besseren gewendet hätte, wenn wir auch viel Geld gehabt hätten. Dann brauchte Mutter nicht für andere Leute Treppenhäuser zu putzen, und sie hätte sich den Rücken nicht ruiniert, und Vater hätte sich die kleine Landwirtschaft kaufen können, von der er so oft phantasierte. Und für uns Kinder wäre auch alles anders gewesen. Jetzt hält man uns ja im voraus für Lügner und Gesindel, weil wir nun mal so angezogen herumlaufen mußten, wie wir waren, und weil unser Vater immer nur zu Hause blieb. Ohne Geld würden wir weiterhin von allem ausgeschlossen bleiben, was uns weiterhelfen könnte. Ich brauchte nur an meinen vergeblichen Versuch zu denken, Laufjunge bei einem Kaufmann zu werden. So konnten wir uns den anderen gegenüber nie behaupten, die sowieso genug hatten. Oskar, Bertram und ich würden genauso enden wie unser Vater oder Onkel Georg, falls sich nicht wirklich etwas Entscheidendes änderte. Es würde wohl lange dauern, bis ich Minister werden konnte. Freilich, da kann einer kommen und sagen, daß wir doch Examen und sowas genau wie alle anderen Kinder machen könnten. Aber unser Schulbesuch brachte nicht viel ein. Solange wir daheim in der Enge keine Ruhe zum Lernen hatten, konnten wir auch keine guten Schüler werden. Deswegen schwänzten wir ja auch immer öfter, und das machte die Sache nicht besser, im Gegenteil.

„Sag mal, bist du auch sicher, daß du mich solange herumtragen kannst, Oskar?" fragte ich.
„Ja, du brauchst dich nur ab und zu mal irgendwo anzulehnen oder zu stützen oder zum Klo zu gehen, selbst wenn du eigentlich gar nicht mußt. Dann kann ich mich zwischendurch mal ausruhen. Es wird schon gehen."
Aber ich sah, daß auch Oskar nervös war.
Onkel Georg hatte den schwarzen Mantel gewendet, so daß niemand im Zweifel darüber sein konnte, daß wir uns verkleidet hatten. Er hatte sogar noch allerlei Schmutz aufgesammelt und an Bertrams Hemd gerieben.
„Reiche Leute übertreiben sowas immer", sagte er.
„Zieh die Schnürbänder aus den Schuhen, Bertram!" sagte er.
Bertram kam mit einem angelaufen, das andere fehlte sowieso.
„Also los: rein ins Vergnügen, Kinder! Es wird schon klappen! Seht bloß zu, daß ihr das verdammte Notizbuch erwischt!" sagte der Onkel.
Langsam rollten wir ‚Bernhards Straße' entlang, wie wir sie nannten. Ein großer, weißer Wagen fuhr vor uns her.

„Das Fest beginnt. Die Gäste treffen ein", flüsterte Oskar. Im Verlauf von zehn Minuten kamen mindestens vier Wagen an der Stelle vorbei, wo wir geparkt hatten. Die meisten waren Taxis. Wir sahen auch schon ein paar Verkleidete.
„So", sagte der Onkel. „Nun fahr' ich euch zum Haus hinauf, dann braucht ihr nur ganz ruhig hineinzugehen, als wäre das die natürlichste Sache der Welt. Oskar, nimm Anders auf die Schultern. Dann helfe ich euch in den Mantel!"
Der Onkel setzte mir auch noch eine Sonnenbrille auf, die mich zusammen mit dem Hut unkenntlich machte.
„Du bist gut dran, Oskar!" sagte ich. „Du kannst dich die ganze Zeit verstecken."
Als wir durch das Gittertor rollten, vorbei an dem Schild, das wir schon vor Stunden gesehen hatten und auf dem WILLKOMMEN stand, konnte ich deutlich mein Herz hämmern hören.
Den ganzen Weg entlang bis zum Haus hingen farbige Lampen, als die Gäste hineinströmten.
„Bist du fertig, Bertram?" fragte der Onkel.
„Klar", sagte Bertram und schaute begeistert aus dem Fenster. Auf der breiten Treppe stand ein Mann in ganz normalen Kleidern und nahm die Gäste in Empfang.

Die große Rasenfläche war fabelhaft beleuchtet. Ich dachte darüber nach, wie es wohl wäre, wenn man immer in solch einer Umgebung leben könnte. „Nun aber raus mit euch!" flüsterte der Onkel, und ich merkte, daß sich Oskar in Bewegung setzte. Er hatte ein kleines Loch in den Mantel gebohrt, damit er sehen konnte, was um ihn herum geschah. Wir stiegen aus.
Es war ein merkwürdiges Gefühl, plötzlich so hoch zu thronen. Ich war mindestens um einen Kopf länger als die anderen Leute, die gerade den Mann am Eingang grüßten.
„Willkommen!" sagte er und flüsterte ihnen etwas zu. Sie waren als Riesenmäuse verkleidet. Einer von ihnen lachte laut und sagte „Hubert!". Der Türhüter wies mit der Hand auf uns und kam uns entgegen. Im gleichen Augenblick sah ich den Onkel mit dem Wagen zur Pforte hinaus verschwinden.
Der Mann starrte Bertram an, der aber nur zurückstarrte. Dann blickte er mich mit zusammengekniffenen Augen an und fragte: „Wie lautet das Code-Wort?"
Mir wurde ganz heiß. Darauf war ich nicht gefaßt. Wie in aller Welt sollte ich denn wissen, wie das Wort lautete? Was sollte ich machen? Aber da trottete Bertram plötzlich ins Haus hinein, und der Mann stürzte ihm nach.
„He, Kleiner, hallo! Hier kommt niemand herein, der das Code-Wort nicht gesagt hat!"

„Hubert", flüsterte Oskar. „Hubert ist das Code-Wort. Das hast du doch gehört, du Schafskopf!" Ich eilte zu dem Mann, der Bertram beim Wickel hatte, oder besser gesagt, Oskar machte, daß wir hinüber kamen.
„Eh, Hubert", stammelte ich.
Der Mann trat zur Seite und starrte mich durchdringend an.
„Willkommen!" sagte er dann.
Plötzlich stolperte Oskar über die Türschwelle, und ich hangelte einen Augenblick mit fuchtelnden Armen herum, dabei kam ich gefährlich ins Wackeln, bis Oskar sein Gleichgewicht wieder gewonnen hatte. Der Mann kam näher, er starrte auf ‚meine Füße'. Glücklicherweise konnte Oskar inzwischen wieder weitergehen.
Wir kamen in eine riesengroße Diele, in der eine Menge verkleideter Menschen herumstanden und in kleinen Gruppen schwatzten. Die meisten von ihnen hielten Gläser in den Händen. Wie aus dem Boden geschossen stand auch schon ein Diener vor mir, der ein Tablett mit ungefähr sechs oder sieben Gläsern trug. Sie waren mit einem Orangendrink gefüllt. Ich nahm mir eins, und der Diener ging gleich weiter. Bertram war stehengeblieben und schaute zu ein paar Kindern in seinem Alter hinüber, die als Indianer verkleidet waren. Es gab alle Arten von Verkleidungen, doch waren die Männer meistens als Frauen, die Frauen aber als Männer ausstaffiert. Vielleicht hielten sie mich auch für eine Dame? Drüben in der Ecke standen einige Männer, die nicht verkleidet waren. Ein paar von ihnen trugen Fotoapparate umgehängt. Ich versuchte, Oskar dazu zu bewegen, daß er sich umdrehte, indem ich ihm in die Seite trat. Aber er wollte nicht.
Dann öffnete sich eine breite Flügeltür. Musik setzte ein. In der Tür standen der Millionär und seine Gattin, zwischen ihnen

saß Bernhard als Cowboy auf seinem Pony. Die Gäste begannen wie verrückt zu klatschen. Deswegen tat ich's auch. Einige schrien sogar „Hurra!". Da kam Leben in die Männer mit den Fotoapparaten, sie blitzten unentwegt, und Bernhards Vater zog ein großes Schild hervor, auf dem stand: „de Milles makellose Melkmaschinen". Da klatschten alle noch lauter. In diesem Augenblick fiel mir ein, wo ich Bernhard schon früher gesehen hatte: er war alle Augenblicke in Zeitungen und auf Plakaten zu sehen, die auf Häuserwänden in der Innenstadt klebten. Immer saß er auf einer Kuh, die demnach von de Milles Melkmaschinen gemolken wurde. Aber nun saß er auf seinem Pony.
Ein Herr reichte dem alten de Milles ein Mikrofon, und er sagte: „Meine Damen und Herren! Herzlich willkommen bei unserem kleinen Karneval! Wir hoffen, daß wir auch in diesem Jahr viel Spaß haben werden! Mit diesen wenigen Worten möchte ich das Fest eröffnen!"
Nun strömten wir alle in noch größere Räume, in denen offenbar das Fest abgehalten werden sollte.
„Halt die Schnauze!" hörte ich Oskar murmeln. Und ich kann beschwören, daß da was los war! Ein breiter Tisch war vor die eine Wand geschoben, und darauf lagen mindestens hundert Plattenkuchen, ein riesiger Berg mit Konfekt und unzählige Hefestücke. Unter dem Tisch standen ganze Kästen mit Sprudelflaschen in Reih und Glied.
Wir waren dermaßen überwältigt, daß wir Bertram ganz aus den Augen verloren. Aber kurz darauf sahen wir ihn mit ein paar anderen Kindern in einer Ecke sitzen. Er stopfte sich den Mund mit Kuchen voll, als ginge es um sein Leben. Ich selber war schrecklich durstig, deswegen lenkte ich Oskar zu den Sprudelflaschen hin.
Gleich nach dem ersten Schluck kniff er mich ins Bein.

„Hör mal, ich bin ebenso durstig!" knurrte er.
Ich stellte die Flasche mit dem grünen Sprudel auf den Tisch, und Oskar trat dicht heran. Dann schob ich blitzschnell den Flaschenhals unter den Mantel, bis ich seinen Mund erwischte und fing an, die Flasche schräg haltend auszuleeren.
„Meine Güte, was machen Sie denn da?" rief mir plötzlich eine ältere Dame zu.
„Ich . . . ich kratze mich am Bauch", stammelte ich und wurde ganz rot.
Eilig zerrte ich die Flasche aus Oskars Mund. Er aber drehte sich nur mit mir herum und zog die Flasche wieder an sich.
„Was? Sie kratzen sich mit einer Flasche am Bauch? Nein, wie drollig!" lachte die Dame hysterisch.
„Hick!" rülpste Oskar. Und das in dieser Situation!
Ich räusperte mich energisch, aber er rülpste schon wieder.
„Na, Sie haben aber wirklich einen schlimmen Schluckauf!" bemerkte die Dame mit einem Blick auf mich.
„Oh, aber ich doch nicht", sagte ich und trat Oskar kräftig gegen die Brust, so daß er sich umdrehte und rülpsend davonging.
Wir marschierten quer durch den Raum, wo bereits ein paar Kostümneger angefangen hatten, zum Spiel eines Klaviers zu tanzen.
„Du mußt jetzt unbedingt das Klo finden!" flüsterte Oskar. „Mir wird so langsam schwach im Rücken!"
Ich erkundigte mich bei einem Herrn in Damenkleidern, der mit dem Finger auf zwei Türen wies. Auf der einen stand DAMEN, auf der anderen HERREN.
Wir stapften ins letztere hinein. Es zeigte sich, daß es solch ein Herrenklo war, wie man sie in Kinos hat. Da können nämlich Männer nebeneinander gleichzeitig in die Rinne pinkeln. Unglücklicherweise stand schon ein Herr dort, als wir ankamen.

„Na, da kommt noch einer, der's dringend nötig hat", lächelte er mich an.
„Oh ja", sagte ich. Was sollte ich bloß machen?
Wir konnten doch nicht nur herumstehen und blöde glotzen. Aber da kam mir Oskar zu Hilfe. Er stellte sich neben den Mann und ließ ganz vorsichtig ein Stückchen vom Flaschenhals durch das Loch im Mantel gleiten. Ich beeilte mich, es mit den Händen zu verbergen, wie man es eben tut, wenn man pinkelt. Hingerissen starrte der Mann auf die grüne Flüssigkeit, die in das Becken floß.
„Ich möchte schwören, daß Sie grünen Sprudel getrunken haben!" sagte er.
„Ja, ja, einen ganzen Kasten voll!" erwiderte ich.
Endlich ging er fort, und ich konnte dem armen Oskar seine wohlverdiente Ruhepause gönnen. Er war knallrot im Gesicht und fühlte sich total erledigt.
„Du mußt dich öfters hinsetzen", sagte er. „Sonst schaff' ich es nicht!"
Plötzlich hörten wir draußen Schritte. Blitzschnell kroch Oskar zwischen meine Beine, und während er sich wieder mit mir erhob, ging die Tür auf.
Es war Bernhard in voller Lebensgröße.
„Jetzt!" flüsterte Oskar.
„Warum sagst du ‚jetzt'?" fragte der Kleine und starrte mich an.
„Ach, das hab' ich bloß gesagt, weil's Zeit zum Händewaschen ist", stotterte ich.
„Nein", sagte er. „Ich bin bloß von meinem Vater weggelaufen, weil er mich die ganze Zeit auf Hubert fotografieren lassen will. Hubert ist mein Pony. Ich mag mich nicht mehr für all diese Zeitungen fotografieren lassen. Aber mein Vater sagt, gerade deswegen hätte ich ja Hubert gekriegt."

„Ach so", sagte ich. „Aber warum gehst du dann nicht einfach in dein Zimmer? Wo liegt das übrigens?"
„Oben", sagte er. „Nein, ich möchte lieber unten bleiben und mit den anderen spielen."
„Du hast wohl deine Sachen oben, ich meine, Bücher und so", sagte ich.
„Genau, du Bartaffe!" sagte er und ging.
„Solch ein verwöhntes Bürschchen! Er hätte ein paar hinter die Löffel verdient!" knurrte Oskar.
„Ja", sagte ich. „Aber wenigstens haben wir nun erfahren, wo wir suchen müssen."
Wir gingen wieder hinauf und sahen sofort die große Treppe vor uns, die in die erste Etage führte. Ich gab Oskar einen kleinen Tritt, aber er wollte nicht hinaufgehen.
„Sieh mal, da oben", flüsterte er. Und ich hörte, daß da irgendwas faul war.
„Was ist denn?" flüsterte ich.
„Der Kerl, der uns in Empfang genommen hat", tuschelte Oskar. „Der hat uns die ganze Zeit beobachtet."
Und tatsächlich stand der Mann an der Tür und beobachtete uns von dort aus.
„Wo ist Bertram?" fragte ich.
„Keine Ahnung", flüsterte Oskar. „Schließlich bist du's doch, der den Überblick hat, du Fettsack!"
„Ach, halt die Schnauze!" knurrte ich.
„Zu wem haben Sie gesagt ‚Halt die Schnauze!'?" fragte plötzlich eine Dame zornig neben mir. Sie war als Baumstamm verkleidet.
„Zu keinem", murmelte ich, „es war bloß ein Selbstgespräch."
Da nahm sie ihre Brille ab, um mich genauer anzuschauen, aber nun ging Oskar weiter.

„Wir müssen es ohne Bertram schaffen", flüsterte er. „Es wird sich wohl machen lassen."
Ich konnte mir nicht vorstellen, wie wir ungesehen die Treppe hinaufkommen wollten. Überall wimmelten Menschen um uns herum, und dann gab's noch diesen Mann am Ausgang.
„Hej ihr, wo habt ihr denn gesteckt?" Bertram hatte sich den Plattenkuchen um den ganzen Kopf geschmiert.
Zwei Männer starrten mich an.
„Wieso sagst du denn ‚ihr', Kleiner", gab ich Bertram zur Antwort und warf ihm einen wütenden Blick zu. Oskar trippelte vor Wut und hätte ihm am liebsten eins hinten 'reingetreten. Bertram hielt sich die Hand vor den Mund und blickte sich erschrocken um. Oskar zupfte mich am Bein.
„Sieh zu, daß er das Licht ausknipst", flüsterte er. „Dahinten ist der Schalter."
„Klar, Oskar, das ist eine glänzende Idee!" fand ich und erklärte Bertram, was er tun sollte.
„Wenn ich nicke", flüsterte ich, „machst du das Licht aus, inzwischen laufen wir nach oben und machen uns auf die Suche."
Bertram sauste zum Schalter. Oskar drehte sich um, bereit, die Treppe hinaufzusteigen. Da hatte ich plötzlich das Gefühl, daß mir der Atem stockte. Drei Männer, die nicht verkleidet waren, darunter der Mann von der Tür, kamen in raschem Tempo auf uns zu.
Oskar hatte sie noch nicht gesehen. Deswegen blieb mir nichts anderes übrig, als sitzen zu bleiben und darauf zu warten, daß sie uns endgültig entdeckten. Eine Dame stand so dicht neben mir, daß ich Oskar nichts mehr zuflüstern konnte.
Die drei kamen näher und näher. Ich sah, wie Bertram unter der Menge durchschlüpfte und sich zum Lichtschalter schlich.
‚Beeil dich, Bertram, beeil dich!' dachte ich verzweifelt. Ich

konnte ihn nicht mehr sehen, aber nun waren die Männer nur noch ungefähr zehn Meter von uns entfernt.
Da ging das Licht aus.

Die Leute begannen zu schreien, aber Oskar eilte die Treppe zur ersten Etage hinauf, die im Halbdunkeln lag.
„Was nun?" fragte ich.
Wir befanden uns auf einem langen Flur, auf dem es offensichtlich nur drei Türen gab.
Als es unten wieder hell wurde, überlegten wir nicht länger, sondern stürzten kopfüber in den erstbesten Raum. Es war eine Bibliothek oder sowas ähnliches, jedenfalls standen unheimliche Mengen von Büchern an allen Wänden.
„Tja, dies wird wohl nicht das Zimmer von dem Bengel sein", sagte Oskar.
„Laß uns bloß machen, daß wir wieder rauskommen!"
Als ich gerade die Türklinke anfaßte, hörten wir von draußen Stimmen. „Er muß irgendwo hier oben sein", sagte eine tiefe Männerstimme.
„Hast du gehört, Oskar?" flüsterte ich.
„Klar hab' ich das! Aber ich kann dich nicht mehr lange tragen. Ich sterbe vor Hitze."
Ich sprang ab.
„Puh!" sagte er und streckte sich.
„Ich geh' rein!" sagte plötzlich die Stimme eines Mannes draußen, und seine Schritte näherten sich schnell der Tür zur Bibliothek. Wir konnten uns gerade noch hinter ein Ledersofa verziehen, als er hereinkam. Er stand im Licht, das vom Flur hereinschien und sah sich um, während er noch die Klinke in der Hand hielt. Da erblickte er den Mantel. Den hatten wir in der Eile ganz vergessen.

„Hallo, ihr da draußen! Ich hab' seinen Mantel gefunden!"
Die beiden anderen Männer kamen herbeigelaufen. Ich kann einfach nicht begreifen, wieso sie Oskars Nägelkauerei nicht hörten. Aber plötzlich sagte der Aufpasser von der Tür, daß sie nun wüßten, daß wir – nein er – nicht astrein wäre. Jetzt gelte es nur noch, herauszubekommen, was der Gesuchte eigentlich hier im Hause wollte. „Ehe wir uns etwas weiteres vornehmen", sagte er, „wollen wir doch lieber erst mal Herrn de Milles holen."
Sie gingen wieder und nahmen den Mantel mit. Ich zitterte dermaßen, daß ich kaum ein Wort rausbrachte.
„Wir m-m-m-üssen rau-raus, O-O-O-skar", stotterte ich.
„Nimm endlich diese idiotische Sonnenbrille ab!" sagte er wütend.
Ich hatte ganz vergessen, daß ich sie immer noch trug.
„Glaubst du, daß ich auch den Bart abkriege?" Vorsichtig versuchte ich, die Zotteln abzureißen. Aber sie saßen fester als ein richtiger Bart.
„Mit dem gelben Haar im Gesicht erkennen sie dich sofort wieder", sagte Oskar und schlich zum Flur, um zu sehen, ob die Luft rein war.
„Komm!" sagte er, und wir schlichen hinaus.
Unten im Saal schrien sie „Hurra!", und es wirkte ganz natürlich. Sie riefen und schrien wie zuvor.
Wir schlichen uns in ein großes Badezimmer, wo die Badewanne als großes Viereck in den Boden eingelassen war. Wieder schrien sie unten „Hurra!".
„Wenn ich bloß einen Rasierapparat fände!" sagte ich und sah Oskar an, der in eine Schublade schaute.
„Komm, wir färben ihn", sagte er und nahm eine Dose heraus.
Das war vielleicht gar nicht so dumm. Die Männer suchten ja

nach einem großen Mann mit einer Sonnenbrille und einem blonden Bart. Wenn ich nun aber ein kleiner Mann ohne Sonnenbrille und mit schwarzem Bart war? Es war jedenfalls einen Versuch wert. Deswegen nickte ich zustimmend, ohne zu wissen, daß es Schuhcreme war, die er mir ins Gesicht schmieren wollte.

Meine Güte, wie sah ich hinterher aus! Kleister, Haare und Schuhcreme fühlten sich wie eine dicke Kruste an, so daß es mir schwerfiel, natürlich zu sprechen. Aber die Hauptsache war und blieb, daß ich nun anders aussah.

Nun hieß es aber, Bernhards Zimmer zu finden! Wir durften keine Zeit mehr verlieren. Wieder schlichen wir auf den langen Flur zurück.

„Es kann nur das da sein!" sagte ich und zeigte auf die dritte Tür, die ich vorsichtig öffnete.

Zwei kleine Lämpchen brannten über seinem Bett. Das war vielleicht ein Monstrum! Doppelt so groß wie das, in dem Oskar, Bertram und ich zu dritt schliefen, und das Zimmer auch ein paar Mal so groß wie unsere Stube.

„Du heiliger Strohsack!" fluchte Oskar, als er all die vielen Spielsachen erblickte, die nur so aus Regalen und Schränken hervorquollen. Es war solch ein phantastischer Anblick, daß wir mit offenen Mündern wie angenagelt einen Augenblick mitten im Zimmer stehenblieben. Aber wir mußten uns doch wieder losreißen, denn es gab noch ein Stück Arbeit zu leisten. Wir fingen an zu suchen, aber nachdem wir zehn Minuten vergeblich herumgewirtschaftet hatten, hörten wir vom Flur Bernhards Stimme. Ich drehte mich vor Schreck gleich zweimal um mich selber und rannte in Oskar hinein, der schon total verdreht aussah.

„Ich kann's einfach nicht mehr aushalten", jammerte er.

Die Schritte näherten sich.
„Zum Fenster, ans Fenster!" flüsterte ich hysterisch, und wir stolperten übereinander, um möglichst schnell das Fenster zu erreichen, das zum Aufschieben war. Draußen lief ein etwa kaum ein Meter breites Sims entlang. Aber es half uns nichts, wir mußten hinaus!
Gerade als wir das Fenster von außen wieder zuschoben, ging die Zimmertür auf, und ich sah Bernhard hereinspazieren, deswegen machten wir, daß wir weiterkamen.
Es hatte draußen angefangen zu wehen, und unsere bangen Vorahnungen, daß es noch zu einem Gewitter kommen könnte, schienen sich zu erfüllen. Der Himmel war schon ganz von schwarzen Wolken bedeckt, und die Luft war so feucht, daß einem das Zeug am Leibe festklebte. Ganz in der Ferne begann es bereits zu donnern. Ich blickte hinunter. Wir befanden uns über dem ersten Geschoß, jedenfalls waren wir immer noch der oberen Etage näher.
Oskar, der voranging, näherte sich der Hausecke. Meine Nägel bohrten sich in die Mauer hinein, und ich dachte mitleidig an den armen Oskar, der seine ja abgebissen hatte. Da war nicht mehr viel zum Bohren übriggeblieben.
„Los, weiter! Geh um die Ecke!" flüsterte ich.
Er steckte seinen Kopf um die Hausecke.
„Nun mach schon, du Idiot! Oder denkst du etwa, daß du auf diesem Spaziergang wen triffst?" knurrte ich.
„Nein", flüsterte er. „Aber da ist doch ein Fenster!"
„Ist da jemand?"
„Nicht, soviel ich sehen kann", erwiderte er.
„Dann geh, damit wir's endlich hinter uns haben!" sagte ich.
In diesem Augenblick rutschte sein rechter Fuß ab.

12

Es ging so rasch, daß ich es kaum begriff, als er schon am Gesims hing, die Fingerspitzen in den Zement gekrallt. „Du schaffst es ja doch nicht, Anders! Ich muß sterben!"
So ist er schon immer gewesen, so überspannt! Andererseits, wenn er wirklich unglücklich stürzte, dann . . .
Plötzlich ging unter seinen baumelnden Füßen ein Fenster auf. Ein Herr und eine Dame in sonderbaren Uniformen steckten die Köpfe heraus und küßten sich mindestens zwanzig Sekunden lang. Oskars Fuß hing drei Zentimeter über dem Haupt der Dame. Er war hinterher total blau vor lauter Anstrengung. Aber mir gelang es, das Fensterkreuz zu erreichen, von dem Oskar gesprochen hatte. Zwar geriet ich damit in eine etwas schwierige Stellung, denn es lag ja, wie bereits gesagt, auf der anderen Seite hinter der Ecke. Aber ich konnte mich am Haken festhalten und fing an, Oskar heraufzuziehen.
„Warte nur, wenn du dich erst mal auf deine Ellbogen stützen kannst", flüsterte ich. Aber ich glaube nicht, daß er mich hörte, denn es sah so aus, als würde er ohnmächtig.
„Ich liebe dich, Sofie!" sagte der Mann unten.
Oskar schnappte nach Luft.
„Oh, Herbert, mein Dickerchen!" sang die Dame.

75

„Heute nacht umstrahlt dich ein ganz besonderer Zauber", sagte der Mann. Oskar schloß die Augen.
Mit den letzten, mir noch verbliebenen Kräften zog und zog ich an ihm, und schließlich gelang es ihm und unseren doppelten Anstrengungen, sich auf die Ellbogen zu hieven und zu stützen. Nun ging es leichter. Es war einfach unglaublich, daß die unter uns nicht hörten, wie Oskar an der Mauer entlangkratzte. Aber vielleicht stimmte, was Winni sagt, nämlich, daß Liebe blind macht. Vielleicht macht sie auch taub.
„Ich halte das nicht aus!" stöhnte Oskar, als er auf die Beine gekommen war. „Ich will nach Hause, ich scheiße auf alles!"
„Ja, aber wir können doch nicht einfach loslaufen!" flüsterte ich und spähte durch die Scheiben ins Zimmer. Da lagen überall Kleidungsstücke herum, der Raum floß förmlich davon über.
„Keinen Schritt geh' ich weiter über dieses Sims!" erklärte Oskar und trat fest auf den Zement.
„Dann laß uns doch hineinsteigen und die Gelegenheit wahrnehmen", schlug ich vor.
Mit einem Trick, den mir Onkel Georg beigebracht hat, öffnete ich das Fenster. Oben war nämlich eine Klappscheibe. Im allgemeinen kann man einen Kamm hindurchschieben und sie ganz öffnen. Alles andere danach ist ein Kinderspiel. Man langt mit der Hand hindurch, öffnet den Griff von innen und greift hinunter zum anderen Griff, den man aufdrückt.
„Und was machen wir jetzt?" fragte Oskar, als wir mitten im Zimmer standen.
„Sie suchen doch immer noch nach uns!"
„Ja", sagte ich. „Aber erinnere dich daran, daß sie einen langen Kerl mit blondem Bart suchen!"
„Sie erkennen uns an den Sachen!" sagte Oskar und machte eine verzweifelte Bewegung mit den Armen.

Ich schaute auf all die Kleider. „Wenn wir nun . . ."
„Nie im Leben!" protestierte Oskar. „Das mach' ich auf keinen Fall mit! Nein! Nein! Nein!"
„Möchtest du lieber ins Gefängnis?" unterbrach ich ihn.

Wir standen schon in langen Kleidern, unsere Unterhemden vorn ausgestopft und mit großen Hüten auf den Köpfen, als uns plötzlich wieder mein Bart einfiel. All diese Mühe war ganz umsonst gewesen! Ich blickte auf die Nylonstrümpfe und die Schuhe mit den hohen Absätzen hinunter. Wir hatten sogar schon angefangen, uns zu schminken!
„Wollen wir das ganze Zeug wieder ausziehen?" fragte Oskar.
Aber dann dachte ich daran, daß es sich ja schließlich um ein richtiges Kostümfest handelte. Ich konnte doch, ohne allzu große Aufmerksamkeit zu erregen, einen Schal vor den Mund binden, wie es die Araberfrauen tun.
„Hoffentlich erkennen die Leute, die ihren Kram hier abgelegt haben, ihre eigenen Sachen nicht gleich wieder", sagte Oskar und legte noch etwas Lippenstift auf. Aber hier lagen ja mindestens hundert Sachen, deswegen rechneten wir nicht damit, daß die Besitzer es sofort merken würden.
„Sie werden wohl gar nicht darauf achten", meinte ich und streute mir Puder aufs Haar.
Zum Schluß versuchten wir noch, unsere Augen mit Eyeliner zu umranden. Aber das mußten wir aufgeben, denn unsere Hände waren viel zu zittrig.
Vorsichtig öffnete Oskar die Tür, und dann stakten wir den Flur entlang zur Treppe. Glücklicherweise begegnete uns niemand auf dem Weg zum großen Festsaal.
Die ganze Gesellschaft stand dort, die Rücken zu uns gewandt, und starrte in die entgegengesetzte Ecke, wo gerade eine kleine

Zeremonie stattfand. Herr de Milles erhob sich und rief ins Mikrofon hinein:
„Meine Damen und Herren!" schrie er. „Ich habe die Ehre, hiermit diesen kleinen Pokal dem Träger der originellsten Verkleidung zu überreiche. Bitte sehr, mein junger Freund!"
Die Leute klatschten, als kriegten sie's bezahlt.
„Los, laß uns bloß machen, daß wir rauskommen, solange sie noch mit dem hier beschäftigt sind", sagte ich und zog Oskar am Arm. Aber der stand wie angewachsen. Er starrte und starrte bloß. Meine Güte, wie der mit all der Schminke aussah!
„Komm jetzt, Oskar!" flehte ich.
„Aber das . . . das . . . das ist ja Bertram!" stotterte er.
„Pfeif auf Bertram! Der muß selber zusehen, wie er hier rauskommt . . . was sagst du da, Mann?"
Ich sah zur Preisverleihung hinüber. Die Leute klatschten immer noch Beifall. Und wer stand dort neben Herrn de Milles? Unser Bertram! Mit hochgehobenem Pokal! Stolz nahm er die Huldigungen der Menge entgegen.
Auch Bernhard war da. „Die originellste Verkleidung!" flüsterte Oskar und war nahe daran, loszuheulen. „Aber der Bursche ist doch gar nicht verkleidet, der ist doch nichts anderes als er selbst! Die sind wohl alle schwachsinnig!"
Obwohl ich Mühe hatte, mich von diesem irren Anblick loszureißen, fing ich wieder an, weiter an Oskar zu zerren. Die Leute gingen an ihre Tische zurück. Wir wandten uns dem

Ausgang zu, aber wir kamen nicht so schnell voran, wie wir's gewünscht hätten. Das lag an unseren hochhackigen Schuhen.
Oskar benahm sich so dämlich, daß ich mich gezwungen sah, ihn darauf aufmerksam zu machen, daß es wirklich keinen Grund gäbe, noch zu übertreiben. Schließlich war die ganze Sache ohnehin ernst genug.
„Nun mach schon, du versoffenes Kamel!" sagte ich und schielte vorsichtig umher, ob uns auch niemand verfolgte. Offensichtlich beachtete uns niemand.
Mit zusammengepreßten Knien wankte Oskar zu den Toiletten. Ich sah, wie er vor den beiden Türen stehenblieb, angestrengt überlegte und einen Augenblick auf der Stelle trippelte. Schließlich ging er doch – der Himmel bewahre mich – tatsächlich in „Damen" hinein! Natürlich war das ein Problem, aber immerhin!
Ich versuchte, so zu tun, als entspannte ich mich, und fing an, den Abend zu genießen. Gleichzeitig aber beobachtete ich scharf, wie sich die Damen beim Stehen und Gehen verhielten, wie sie sich bewegten. Ich sackte auf der einen Seite ein wenig auf die Hüfte und schob die linke Schulter vor. Wenn ich nun auch noch süß nach rechts und links lächelte, mußte ich einfach naturgetreu aussehen. Aber, Teufel nochmal, das war vielleicht anstrengend!
Plötzlich kam ein junger Kerl im Clownkostüm auf mich zu. Ich versuchte, ihm den Rücken zuzudrehen. Es war wirklich nicht der richtige Zeitpunkt für ein Plauderstündchen. Aber deswegen war er auch nicht gekommen.
„Darf ich um einen Tanz bitten, kleines Fräulein?"
Vollkommen hilflos starrte ich ihn an. In diesem Augenblick kam Oskar aus der Damentoilette herausgewankt. Seine Brüste hingen ihm bis auf den Bauch.

Ich stammelte dem jungen Mann irgendwas vor, aber der packte mich und schob mit mir los, so daß ich mich auf jedem Fuß zweimal herumdrehte. Und dann walzten wir über das Parkett.
Armer Oskar! Er brauchte dringend etwas, worauf er sich stützen konnte, so erschüttert blickte er mir nach, wie ich auf dem Parkett herumwalzte. Aber das muß man sagen: es war ein höflicher Bursche, dieser Mann, mit dem ich tanzte, denn er verzog keine Miene, sooft ich ihm auch auf die Füße trat.
„Was verbirgt sich denn wohl hinter dem Schal?" flüsterte er und wollte einen Blick darunter wagen.
Da gab ich ihm aber einen ordentlichen Klaps auf die Finger.
„Nana", sagte er und lächelte über das ganze Gesicht.
„Ich hab' eine sehr schlechte Haut um den Mund herum", sagte ich und blickte zu Oskar hinüber, der mit dem Finger auf den Ausgang wies.
„Das glaube ich einfach nicht", sagte der Bursche, und fand sich wohl einfach hinreißend.
„Doch", sagte ich. „Aber nun muß ich leider gehen. Meine Mutter wartet. Ich darf abends nicht zu lange fortbleiben."
„Sie sind doch nicht etwa die Tochter der von Tabbelschraums?" erkundigte er sich und sah mich durchdringend an.
„Nein!" sagte ich schnell. „Ich bin die Tochter der von Snabelsöt."
„Ach, wirklich, sind Sie's?" grinste er. „Aber es ist ja auch egal, wessen Tochter Sie sind. Sie dürfen auf keinen Fall gehen, denn ich hab' unter Ihren Schal geguckt."
Nun ging mir dieser Idiot aber wirklich auf die Nerven und ebenso das ganze Theater, zu dem er mich gezwungen hatte.
„Machen Sie die Augen zu!" sagte ich, und er tat es, aber er hielt mich immer noch fest. Da nahm ich seine Hand, führte sie über meinen Bart, der immer noch von all der Schuhcreme

ganz schön klebrig war. Er stieß einen kleinen Schrei aus und ließ mich sofort los.
„Entschuldigung", japste er, „ich hatte keine Ahnung ... Ich hätte nicht geglaubt, daß es sich so verhält, entschuldigen Sie, mein Fräulein." Und damit ging er endlich weg.
Oskar war offenbar schon entkommen, und nun hieß es nur noch: verschwinden. Ich wackelte zum Ausgang, wo einer unserer ehemaligen Verfolger stand und dumm glotzte. Als ich an ihm vorbeitrippelte, sagte er: „Gute Nacht, Schätzchen!" Aber das hätte er lieber nicht tun sollen. Ich drehte mich um und gab ihm einen solchen Tritt gegen das Schienbein, daß er hinkegelte. Nun konnte ich diesen Weihnachtszauber aber nicht mehr weiterspielen. Ich warf die Schuhe ab und lief auf das Tor zu.
„Haltet ihn, haltet ihn!" schrie der Mann hinter mir, und als ich mich dem Tor näherte, merkte ich, daß ich von zwei Männern verfolgt wurde, die in vollem Tempo hinter mir herrasten. Ich griff nach der großen Klinke, aber das Tor war zugeschlossen!
Die beiden Kerle waren nur noch wenige Meter von mir entfernt. Da gab's nichts anderes als hinüberklettern, wenn das leider auch in dem verflixten Kleid ziemlich mühsam war.
Als ich oben draufsaß, waren sie unter Geschrei herangekommen. Der eine fing an, hinter mir herzuklettern, während ich bereits hinunterkrabbelte. Und jetzt erst erkannte ich die Falle. In etwa zehn Sekunden mußten wir übereinander purzeln, und dann konnte er mich einfach packen und festhalten, mich totschlagen oder mit mir machen, was er wollte, ganz ohne Mühe. Aber da sah ich Onkel Georgs Auto, und das flößte mir neue Hoffnung ein. Deswegen sprang ich die drei oder vier Meter hinunter und landete so gut, daß ich sofort weiterlaufen konnte. Glücklicherweise gab der Mann die Jagd auf, als er sah, wie ich im Wagen verschwand.

Der Onkel war ganz schön sauer. Er fing an, über alles Mögliche zu schimpfen. Nun war das ganze Theater umsonst gewesen! Er hatte uns hierhergeschickt als einen großen Mann mit blondem Bart und einer Sonnenbrille plus Kind, damit wir ein jämmerliches Notizbuch finden sollten. Und was kam statt dessen angestürzt? Zwei angemalte Weiber ohne Kind und, was noch schlimmer war, ohne Notizbuch.
Aber was hätten wir eigentlich noch tun sollen? Wir hatten alles getan, was wir überhaupt konnten – und noch mehr. Wenn er uns bloß erstmal berichten ließe!
„Und was ist mit Bertram?" schrie der Onkel. „Was ist los mit ihm?"
„Er hat den Pokal gewonnen", sagte Oskar.
„Einen Pokal?" knurrte der Onkel. „Wofür denn wohl, wenn man fragen darf?"
„Für das beste Kostüm!" sagte ich, zog mir das Kleid über den Kopf und rieb mir die Schminke damit aus dem Gesicht.
Das schmetterte den Onkel nieder. Er sah fast betroffen aus.
„Wie komisch!" sagte er zu sich selbst. „Die Reichen glauben, daß die Armut nur eine Verkleidung ist!"
„Kommen wir nun ins Ofenloch?" fragte Oskar.
Aber der Onkel konnte nicht mehr antworten, denn nun kam Klein-Bertram mit seinem Pokal angezockelt. Er strahlte wie die Sonne.
„Gott sei Dank, daß du endlich kommst, Bertramchen", sagte der Onkel und streichelte ihn.
„Das Fest ist zu Ende", sagte Bertram. „Es ist zwölf Uhr." Er blickte auf seinen Pokal. Der war aus verzinntem Blech.
„Der ist aber hübsch, was, Bertramchen?" fragte der Onkel leise und wendete, um auf die Hauptstraße zurückzukommen.
„Ja, nicht wahr!" jubelte Klein-Bertram. „Und seht mal, was

ich noch alles habe! Ein Feuerwehrauto mit Schläuchen und Spritzen. Das hab' ich von Bernhard."
„Hat er's dir geschenkt?" erkundigte ich mich.
„Ja, als ich mit ihm oben in seinem Zimmer war", sagte Bertram und beschäftigte sich damit, die Feuerleiter auszurollen.
„Warst du mit ihm oben?" Oskars Augen wurden immer größer. „Dann waren es also Bertram und Bernhard, die kamen, als wir hinauf aufs Gesims mußten."
„Wo mußtet ihr raus?" fragte Bertram.
„Ach, nichts weiter", sagte ich.
„Das ist ja auch egal", erwiderte er und wandte sich wieder seinem Feuerwehrauto zu. „Hauptsache, daß ich das Notizbuch habe!"
Die Bremsen quietschten, daß es nur so im Auto sang.
„Was hast du gesagt?" schrie der Onkel, noch ehe der Wagen hielt. Alle starrten wir wie gebannt auf das kleine rote Notizbuch, das Bertram auf den Pokal legte.
Mit breitem Grinsen nahm Onkel Georg ihm das Buch fort und fing an, die letzte Seite aufzuschlagen.
Aber dann sah er plötzlich todmüde aus.
„Bernhard hat offensichtlich die beiden letzten Zahlen nicht mehr aufschreiben können", sagte er, ohne uns anzuschauen.
Wir starrten auf das Buch. Eine Masse Autonummern standen darin. Die letzte war unsere, und tatsächlich fehlten die beiden letzten Zahlen.
„Zum Teufel mit der Mathematik!" stöhnte Oskar und begann nun selber, in dem blöden kleinen Buch herumzublättern. Der Onkel starrte ins Leere.
„Jaja", sagte er immerzu vor sich hin.
„Ist es denn nicht gut, daß ich's bekommen habe?" fragte Klein-Bertram.

„Doch, Bertramchen", sagte ich und lehnte mich zurück.
„Der kann zeichnen!" sagte Bertram bewundernd. „Dieser Bernhard kann's wirklich. Seht bloß mal, wie er den Schrank von seinem Vater hingekriegt hat! Ist das nicht toll? Aber es ist wirklich ein komischer Schrank mit diesem Rad in der Mitte! Findest du nicht auch, Oskar?"
Oskar schlug das Blatt auf, um das Bertram solch ein Gequatsche machte.
„Was bedeuten denn all diese Zahlen an der Seite?" murmelte er.
„Keine Ahnung", sagte Bertram. „Aber als ich mir das Buch schnappte, zeigte er mir die Zeichnung und sagte, daß sein Vater diese Zahlen immer vor sich hinmurmelt, wenn er den Schrank aufmachen will. Da war auch noch sowas mit dem Rad, das er dreht . . ."
Weiter kam Bertram nicht, denn plötzlich drehte sich der Onkel zu uns um. In seinen Augen blitzte der helle Wahnsinn.
Oskar erschrak dermaßen, daß er ihm wortlos das Notizbuch reichte.
Der arme Onkel! Seine Hände zitterten, und seine Lippen bebten dermaßen, daß ihm ein dünner Faden Speichel aus dem Mundwinkel lief.
Obwohl er den ganzen Tag kaum was anderes getan hatte, als im Auto herumzusitzen, hatte es ihn schwer mitgenommen.
„Sagtest du eben, liebes süßes Bertramchen, daß das Fest um zwölf Uhr vorbei wäre?" fragte er.
„Ja", sagte Bertram und gähnte.
Ohne ein weiteres Wort wendete der Onkel den Wagen und fuhr zu der verschlafenen Villenstraße zurück, wo nun kein einziger Mensch mehr zu sehen war.

13

Etwa auf der Hälfte fuhr der Onkel an die Seite.
„Seid ihr sehr müde?" fragte er und sah uns sanft bekümmert an.
„Ja!" riefen Oskar und ich wie aus einem Munde.
„Ich nicht", kläffte Bertram und setzte sich aufrecht.
„Das ist gut, mein Freund", sagte der Onkel und betrachtete liebevoll Klein-Bertrams geschorenes Haupt. „Wir brauchen nämlich noch eine Kleinigkeit, ehe wir sagen können: Jetzt sind wir fertig. Hört mal zu. Es handelt sich um den Geldschrank des Millionärs. Es ist nämlich so, daß Bernhard ihn in seinem Notizbuch für uns abgezeichnet hat. Und nicht nur das! Nein, er ist auch so freundlich gewesen, seine Safezeichnung mit dem Code zu versehen. Es ist in der Tat mehr als einfach. Wenn ich bloß nicht so schlecht auf den Beinen wäre, würde ich euch wirklich nicht darum bitten, sondern es selber tun."
Ich ließ mich in den Sitz zurückfallen. Erstens schaffte ich es nicht mehr, zweitens hatte ich bisher gar nicht gewußt, daß der Onkel etwas mit den Beinen hatte.
„Ich mach' es jedenfalls nicht, Onkel Georg!" sagte Oskar ganz entschieden.
„Selbst wenn du mir eine Million dafür gibst!"

„Ich hab' auch die Schnauze voll", sagte ich.
Der Onkel warf uns ein etwas bitteres Lächeln zu.
„Na gut, Kinder, dann lassen wir's eben sein", sagte er. „Beruhigt euch, es ist in Ordnung. Ich gehöre nicht zu denen, die andere zu etwas zwingen. Ich hab' nur an eure kranke Mutter und all die Treppenputzerei gedacht, die schon auf sie wartet, sobald sie wieder nach Haus kommt. Von eurem Vater gar nicht erst zu reden, meinem eigenen Bruder, der ruhelos ohne Arbeit daheim herumirrt, und der sich von all und jedem demütigen lassen muß. Natürlich hätten wir das Geld gut brauchen können, zum Beispiel für neue Sachen für euch Kinder, wenn der Winter kommt, ehe wir ihn erwartet haben. Vielleicht hätte es auch für neue Fahrräder gereicht und für alles Mögliche, was Kinder heutzutage so gern haben." Er schloß mit einem Seufzer.
„Dann müßte aber schon ein Dynamo an jedem Fahrrad sein", sagte Oskar und fing an zu strahlen.
„Und Katzenaugen hinten", rief Bertram und blickte uns alle begeistert an.
„Du Dummkopf", grinste Oskar. „Katzenaugen gibt's doch sowieso an allen neuen Fahrrädern."
„Nicht auf Papas", sagte Bertram.
„Das ist ja auch kein neues", murmelte Oskar.
„Aber dann möchte ich auch ein Pony haben, Onkel Georg", beharrte Bertram.
„Hört jetzt auf, Kinder, und legt euch so, daß ihr schlafen könnt", sagte der Onkel. „Euer Onkel fährt euch heim, damit ihr ins Bett kommt."
„Nein!" brüllten wir. „Warte noch ein bißchen!"
„Was ist denn nun wieder?" fragte er müde.
Wir sahen uns an.
„Ja, also, wir möchten Mutter und Vater sehr gern helfen und

vielleicht selber auch Fahrräder mit Dynamoscheinwerfern und Gangschaltung kriegen", sagte ich. Ich erinnerte mich an eine Reklame, die ich einmal gesehen hatte, als ich mit Vater in der Stadt war. Ein blaues Fahrrad mit Scheinwerfer, Dynamo und Gangschaltung, gewiß auch noch dazu mit Handbremse, war zu sehen. „Dieses Fahrrad braucht jeder flinke Junge" stand darunter.
Das war so unheimlich dufte, daß sich sogar jedes Muttersöhnchen ein solches Fahrrad wünschen mußte.
Der Onkel saß ein Weilchen schweigend da und starrte vor sich hin. „Nein", sagte er dann, „nein! Es geht nicht. Es ist ja auch schon viel zu spät geworden. Immerhin habe ich die Verantwortung für euch. Euer Vater hat euch mir überlassen, und sein Vertrauen will ich auf keinen Fall mißbrauchen. Also, wir fahren jetzt los!"
Er fing an, am Armaturenbrett herumzufummeln, aber den Startschlüssel rührte er nicht an.
„Na, gut", sagte er, ehe wir etwas äußern konnten. „Ihr habt mich überredet! Aber seid ihr auch sicher, daß ihr nicht zu müde seid?"
„Bombensicher!" sagten wir.
„Dann müssen wir erstmal planen!" sagte er und wurde ganz eifrig.
„Oh nein..." stotterte Oskar. „Keinen Plan mehr..."
„Oskar", widersprach Onkel Georg, „ohne Plan geht's nun mal nicht."
„Ja aber, verflixt nochmal, was willst du denn planen? Du hast doch überhaupt keine Ahnung, wie's im Haus aussieht! Du ahnst ja nicht mal, wie man reinkommt."
„Danke", sagte der Onkel. „Genug geredet, Oskar! Überleg doch mal, was Anders passiert wäre, wenn wir den Punkt drei

unseres Planes nicht gehabt hätten, als ihm die Männer auf den Fersen waren."
„Was für einen dritten Punkt meinst du?" fragte ich.
„Na, den Punkt ‚Fluchtweg' " sagte Onkel Georg und war spürbar verärgert.
„Okay, Onkel, mach schon weiter!" sagte Oskar.
Onkel Georg schüttelte den Kopf und zog ein Gesicht wie Winni, wenn man sich bei ihr für irgendwas entschuldigen soll.
„Also, zuerst müssen wir überlegen, wo der Geldschrank steht", fing er an. „Dann müssen wir diesen Code hier auswendig lernen. Der dritte Punkt wird sein: Wohin mit dem Zaster? Wie sollen wir ihn transportieren? Wahrscheinlich steht der Geldschrank im oberen Stockwerk. Trotzdem müßt ihr alles durchsuchen. Deswegen teilen wir euch in drei Gruppen ein: Oskar geht in den Keller, Bertram in die Wohnräume, Anders in das obere Stockwerk. Der Keller ist gewiß bald untersucht. Dann gehst du, Oskar, nach oben und hilfst Anders weiter. Der Geldschrank ist bestimmt dort oben. Ihr werdet ihn schon finden. Wenn ihr ihn entdeckt habt, dreht an dem Ding, das ihr das Rad nennt. Seht euch bitte an, was unser kleiner Freund Bernhard notiert hat: 7-0-8-9-2."
„Mann, das ist ja Frau Olsens Telefonnummer!" sagte Bertram.
„Muß er unbedingt mitkommen?" fragte Oskar.
Der Onkel zeichnete das Rad noch einmal etwas größer auf. „Seht ihr, hier rundherum sitzen lauter Zahlen, genau wie auf einem Glücksrad, das ihr vom Tag der Kinderhilfe kennt und wohl auch schon gedreht habt. Hier oben sitzt ein kleiner Zapfen, auf dem kann man die einzelnen Zahlen einstellen. Um dieses Schloß aufzukriegen, muß man also folgende Nummernkombination drehen: 7-0-8-9-2. Kapiert?"
„Ja, wir sind ja nicht schwer von Begriff!" sagte Oskar.

„Dann schnappt ihr euch den Zaster ganz leise und verschwindet wieder durch ein Fenster."
„Ein Fenster", sagte ich.
„Ja", sagte der Onkel. „Durch das gleiche Fenster, durch das ihr auch hineingekommen seid."
„Aber davon haben wir doch noch gar nicht gesprochen", sagte Oskar.
„Mit all der Übung, die ihr inzwischen habt, findet ihr bestimmt eins", sagte der Onkel und klopfte mir auf die Schultern. „Nun macht aber, daß ihr loskommt, es ist ja schon fast halb zwei."
„Immer mit der Ruhe!" sagte ich. „Da ist noch eine ganze Menge, was wir noch nicht besprochen haben. Was sollen wir machen, wenn's stockdunkel in der ganzen Bude ist und wir überhaupt nichts sehen können, oder wenn noch jemand auf ist?"
„Oder wenn sie böse Wachhunde und Nachtwächter haben, die die ganze Nacht ums Haus stromern?" unterbrach mich der Onkel und äffte mich höhnisch nach. „Nein, Anders, erstens ist es in solchen Häusern niemals ganz dunkel, zweitens sind alle längst ins Bett gegangen, und drittens: hast du irgendwo einen Hund gesehen, als du vorhin drinnen warst? Na also! Seht zu, daß ihr loskommt! Nur Mut und gute Laune, bisher ist doch eigentlich alles gutgegangen!"
Ich blickte Oskar an, und er mich. Auch er schüttelte den Kopf. Dann gingen wir.
Hätten wir vorher gewußt, was uns drinnen erwartete, wir wären nie hineingegangen, nicht einmal für alles Geld auf der ganzen Welt.

14

Wir schlichen in den Park und schauten zum Haus hinauf, das stockdunkel auf dem kleinen Hügel lag.
Das Unwetter war vorübergezogen. Nun warf der Mond sein kaltes Licht auf uns herunter.
Noch nie hatte ich solche Stille erlebt. Vielleicht spielen einem die Nerven einen Streich, wenn man aufgeregt und überdreht ist. Jedenfalls fuhren wir schon zusammen, wenn der Nachtwind ein bißchen im Laub raschelte.
In der Ferne summte ein Flugzeug. Es war, als ob ein schwarzer Streifen über ein weißes Blatt Papier strich. Jedenfalls hörte es sich so an. Ich dachte daran, daß es vielleicht nach Brasilien oder nach Kalifornien flog, vollgestopft mit Leuten, die alle in die Ferien wollten; und wir lagen hier und klapperten vor Angst mit den Zähnen.
Ich schaute zu den beiden anderen hinüber.
Oskar biß in seine Handflächen, denn von seinen Nägeln konnte er nichts mehr abknabbern. Klein-Bertrams Lippen waren vor Kälte ganz fahl. Er hatte auch zuwenig an. Außerdem friert man immer, wenn man müde wird.
Es war eigentlich verkehrt, Klein-Bertram mitzuschleppen. Er war noch nicht alt genug, alles richtig zu begreifen. Aber wenn

man's genau besah, hatte er doch den größten Erfolg gehabt, und ich betrachtete ihn allmählich als eine Art Maskottchen. Wenn ich's mir richtig überlege, so war niemals etwas ganz danebengegangen, wenn Bertram dabei war, obwohl er immer hineingepfuscht hatte.

„Ich friere erbärmlich!" sagte Oskar und sah zu den dunkeln Fenstern hinüber, die unheimlichen Augen in einem Riesengesicht glichen. Ich stellte mir vor, wie wir durch die Pupillen hineinkrabbelten und uns weiter ins Hirn hineinkämpften. Wie wir in Sumpfiges traten, wenn wir von Kammer zu Kammer weitergingen, zuerst hinein durch das Auge, das sich nach hinten wie eine lange Kloake erstreckte, dabei an allen Seiten Spiegel hatte, die Strahlen und Bilder in die vielen Kammern hineinwarfen.

Ich stellte mir weiter vor, wie wir zuerst in die Kammer eindrangen, in der das Gedächtnis steckte. Dort standen gleich neben dem Eingang große Zettelkästen und Regale mit allem möglichen Zeug. Aber ganz hinten floß alles, und es war so staubig, daß man fast nichts erkennen konnte. Nur einmal fiel zwischendurch ein Lichtstrahl von einem der Spiegel auf den staubigen Grund der Gedächtniskammer, und dann lebten gewisse alte Teddys und rote Schaukelpferde wieder auf, bis alles abermals in tiefem Staub versank, vielleicht für immer.

Wenn man von dort über einen Korridor ging, kam man in den Raum, wo der Verstand untergebracht war. Hier flogen Protokolle und Notizen umher, aber hier gab es auch Regale mit Wörtern und Systemen. Und dann ging man über einen langen, langen Gang an ein paar kleinen, unwichtigen Zimmern vorbei, so sah man winzige Männchen mit Befehlen vom Hirn zum Rückenmark eilen, das wiederum den Beinen befahl, hurtiger zu laufen. Dann kam man zu einem großen Gittertor, durch das

sich nur wenige trauten und wo die meisten ihre Nachrichten draußen abgaben. Hinter dem Gittertor erhob sich nämlich eine mächtige Tür, und dahinter verbarg sich die Seele, die das ganze Theater steuert. Ich sah sie vor mir, wie sie an einem alten, zerschlissenen Tisch saß und ins Leere starrte, denn sie hatte ja so viele Probleme, mit denen sie sich herumschlagen mußte. Eigentlich wäre es ihr viel lieber, wenn man zu ihr hereinkäme und ihr all die Nachrichten brächte. So mußte sie sich ja immer einsamer und einsamer fühlen. An und für sich war sie es gar nicht mehr, die alles entschied. Sie unterschrieb nur noch die Papiere. Sie konnte überhaupt nicht . . .
„Mann, was sitzt du da und pennst!" sagte Oskar und gab mir einen Schubs.
„Nee, das tu' ich gar nicht!" erwiderte ich und sah fort von den dunklen Scheiben, die mir all diese idiotischen Ideen eingegeben hatten. Zwei schwarze Vögel erhoben sich flügelschlagend vom Dach und flogen über die hohen Bäume fort.
„Laß uns bloß machen, daß wir hier wegkommen!" sagte ich flüsternd und bewegte mich geduckt auf das Haus zu.
„Komm", tuschelte Oskar. „Wir gehen hinten herum."
Das Glück war mit uns. Auf der Rückseite stand ein kleines Kellerfenster offen. Ein süßlicher Geruch stieg von dort nach oben. Oskar behauptete, es röche nach Leichen. Aber das wußte ja jeder, daß das gelogen war.
„Leichen!" sagte ich. „Die riechen doch so wie die tote Möwe auf dem Abfallplatz."
„Na, wenn du so schlau bist", sagte Oskar, „kannst du ja zuerst einsteigen."
Das hätte ich zwar sehr gut gekonnt, aber es wäre doch vernünftiger, meinte ich, wenn wir Bertram den Vortritt ließen. Dagegen hatte Oskar nichts einzuwenden.

„Außerdem", sagte ich, „wenn wir ihn durchs Fenster heben und jemand da unten sein sollte, würde der wohl nicht daran denken, auf ihn zu schießen, so klein und kahlköpfig, wie Klein-Bertram ist!"
„Ich bin nicht kahl!" widersprach Bertram und plumpste in den Keller hinunter.
Wir blieben stehen und horchten. Nichts rührte sich.
„Kommt nur runter!" sagte Bertram. „Hier sind so viele komische Flaschen."
Rund um uns herum brodelte und sauste es in großen ballonförmigen Behältern.
„Jetzt weiß ich, was hier los ist!" sagte Oskar. „Sie machen hier unten Wein. Der liegt in den Behältern und gärt."
Ich sah mir einen von den Ballons aus der Nähe an und schaute auf den Wein, der leise vor sich hingor.
„Woraus macht man denn eigentlich Wein?" erkundigte ich mich.
„Aus Äpfeln", sagte Oskar.
„Aber man wird doch nicht betrunken, wenn man Äpfel ißt", wandte ich ein.
„Da muß doch noch was anderes hineinkommen."
Oskar schüttelte nur den Kopf. „Los, wir müssen sehen, daß wir weiterkommen!" sagte er.
„Kommt und probiert doch mal!" rief Klein-Bertram plötzlich.
Wir drehten uns nach ihm um und sahen ihn auf einer großen Kiste sitzen. In der Hand hielt er eine Flasche.
„Sag mal, bist du beknackt? Wo hast du die Flasche her?" fragte Oskar zornig.
„Das schmeckt ganz toll!" hörten wir ihn sagen.
Und schon hielt er die Flasche wieder an den Mund und trank, daß ihm die Flüssigkeit nur so aus den Mundwinkeln lief.

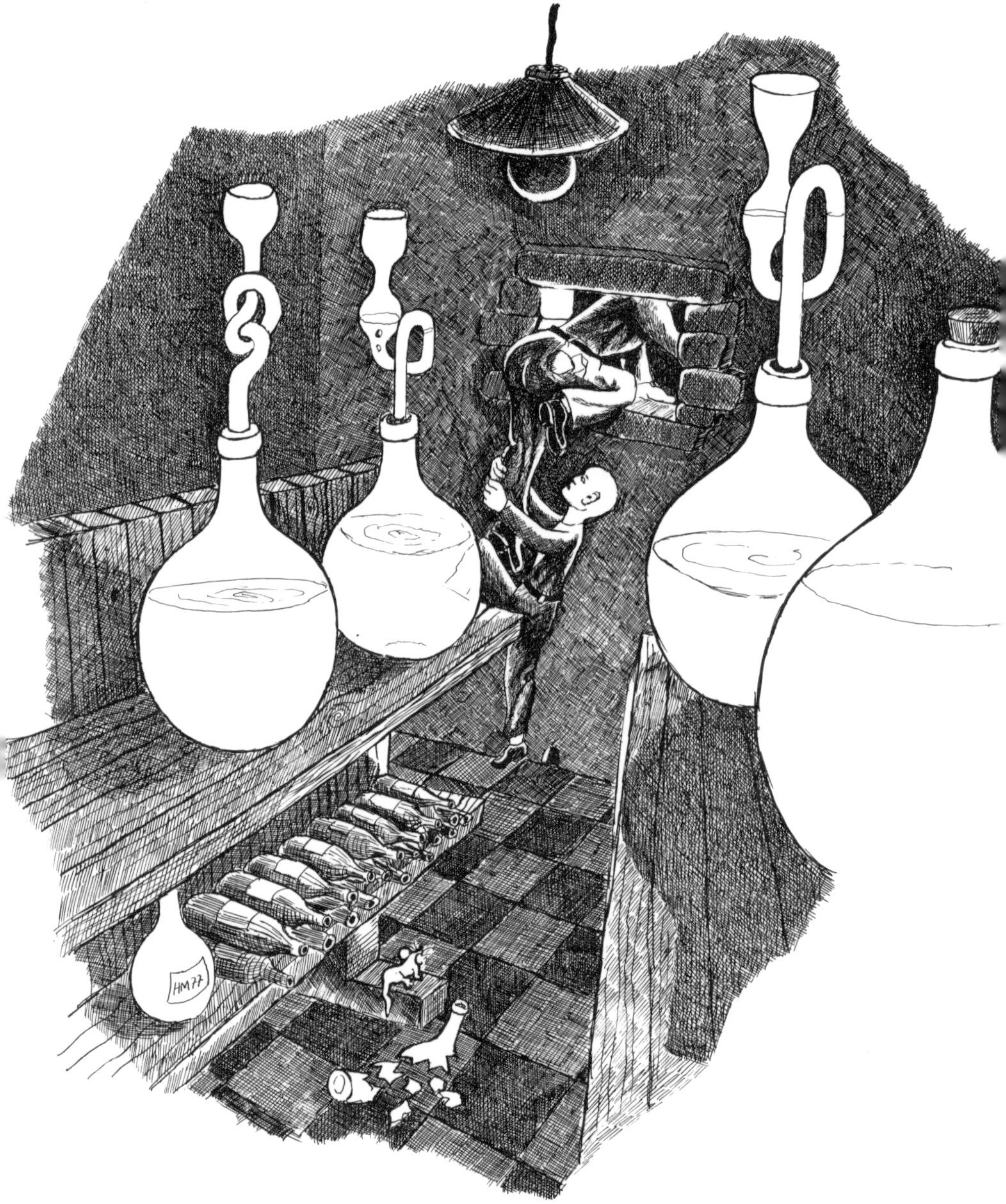
HM77

Ich stürzte zu ihm hinüber und riß ihm die Flasche weg. „Wenn das nun Kochspiritus ist!" sagte ich. „Du ahnst ja gar nicht, was du da trinkst!"
„Falls es Kochspiritus ist, wird er gleich krepieren", verkündete Oskar.
Wir blickten Klein-Bertram an. Er sah äußerst munter aus. Ich schnupperte an der Flasche. Sie roch kein bißchen nach Kochspiritus.
„Kommt endlich!" mahnte Oskar und suchte nach der Tür.
„Hick!" machte Bertram und lächelte uns beide strahlend an.
„Glaubt ihr, daß es noch mehr Kellerräume gibt?" fragte Oskar.
Wieder machte Bertram ‚hick!'.
„Los, laßt uns endlich den Zaster finden!" sagte ich und entdeckte die Tür.
Sie führte ins Parterre hinauf, wo das große Kostümfest stattgefunden hatte. Mein Bart fing an, so schrecklich zu jucken, daß ich immerzu kratzen mußte und ich mir selber schwor, mir nie im Leben einen Bart wachsen zu lassen.
„Glaubt ihr, daß es noch mehr Kellerräume gibt?" fragte Oskar. „Ich meine, außer dem, in dem wir eben waren?"
Nein, das glaubten wir nicht, das heißt, Bertram glaubte gar nichts mehr. Er wackelte und hickste nur noch umher. Wir sagten ihm, daß er unten bleiben sollte, während wir in der oberen Etage nachschauen wollten. „Hick!" sagte er nur und sah sich um.
Leise schlichen wir die breite Treppe hinauf, denn wir waren davon überzeugt, daß der Geldschrank in keinem der Räume stand, in denen wir früher am Abend gewesen waren. Wir gingen den langen Flur entlang, um nachzuschauen, ob es dort noch mehr Türen gab. Da war eine, und als wir sie vorsichtig öffneten, kamen wir auf einen kleineren Flur mit zwei weiteren Türen.

„Ich wette, daß es hier richtig ist", sagte Oskar entschieden. „Hier finden wir den Zaster."
Vorsichtig schloß ich die Tür hinter mir.
Nun schlichen wir zur nächsten Tür. Oskar hielt sein Ohr davor, aber drinnen war es ganz still.
Da drückte er die Klinke herunter. Lautlos ging die Tür auf.
„Bleib stehen!" flüsterte er mir zu. „Hier ist es stockdunkel."
Er griff nach meinem Arm, als könnte er die Balance nicht halten, weil er nichts sah.
„Komm, wir kriechen mal rum!" flüsterte ich. „Das kommt einem sicherer vor." Auf dem Boden lag ein dicker, flauschiger Teppich, es war direkt gemütlich, darauf zu krabbeln.
„Hier ist was!" tuschelte Oskar aufgeregt. Es war ein Stuhl.
„Da liegt Zeug drauf!" flüsterte er wieder. Aber das war eigentlich nicht so ungewöhnlich. Plötzlich stieß ich gegen etwas Großes, Schweres.
„Ich glaube, jetzt hab' ich einen Tisch erwischt!" flüsterte ich.
Oskar kam vom Stuhl herübergekrochen. Nun krabbelten wir getrennt weiter. Es war so stockfinster, daß wir überhaupt nichts erkennen konnten. Es wäre schön gewesen, wenn wir eine Taschenlampe bei uns gehabt hätten.
„Was fällt dir denn ein, zum Teufel?" flüsterte er plötzlich. „Warum hast du denn deine Strümpfe und Schuhe ausgezogen?"
Ich spürte, wie mich ein Unbehagen überkam.
„Ich bin doch hier drüben, Oskar!" flüsterte ich.
Da kam ein Seufzer von ihm, und er kroch auf dem Bauch zu mir herüber.
„Wo bist du denn bloß, Anders?"
„Hier", wisperte ich.
„Da drüben liegt jemand", stotterte er.

„Bist du ganz sicher?"
„Vollständig! Vielleicht ist's eine Leiche?"
„Warum in aller Welt soll denn hier eine Leiche liegen?" flüsterte ich.
„Nein, da gibt's wohl eine andere und viel schlimmere Erklärung."
In diesem Augenblick durchbrach ein donnerndes Schnarchen die Stille des Zimmers.
Wir fuhren zusammen und tasteten uns zur Tür, aber plötzlich murmelte eine verschlafene Frauenstimme: „Hör doch mit dieser Schnarcherei auf, Bernhard! Ich glaube, hier ist jemand im Zimmer!"
Oskar kniff mich so fest in den Arm, daß ich fast losgeschrien hätte. Der Mann grunzte und wälzte sich im Bett herum.
„Wo ist denn jetzt die Lampe?" sagte die Frauenstimme, und wir verkrochen uns so geräuschlos wie möglich unter die Betten.
Oskar konnte gerade noch seinen Hintern drunter schieben, da ging auch schon das Licht an.
Wir lagen in de Milles Schlafzimmer!
Direkt vor mir sah ich, wie die Frau zwei hellrote Pantoffeln anzog und zur Tür ging.
Als sie draußen war, konnten wir endlich wieder atmen. Oskar hatte sein Gesicht in den Händen versteckt.
„Laß uns bloß sehen, daß wir wieder rauskommen!" flüstere ich, und dann krochen wir über den Fußboden. Wir waren beide schon fast draußen, als wir plötzlich jemand den Flur entlanglaufen hörten. Wieder schlüpften wir unter die Betten.
Die Tür ging auf.
„Wach auf, Bernhard! Hör doch, du mußt aufwachen! Bernhard, Bernhard!" Sie schrie, als hätte sie ein Gespenst gesehen.

„Was is'n los, Sarah?" murmelte de Milles noch halb im Schlaf. Sie sank richtig zusammen. „Bernhard! Unten im Festsaal reitet ein Junge auf einem Pony, er trinkt dabei aus einer Flasche!" Mein Herz schien aus seiner Fassung zu springen und ein paar Minuten herumzuflattern.
„Du hast wieder einen von deinen Alpträumen, Sarah! Leg dich hin und mach das Licht aus", murmelte de Milles.
„Nein, Bernhard! Es stimmt wirklich, jedes einzelne Wort! Ich hab's selber gesehen!"
„Sarah, du hast geträumt, daß unser Sohnemann auf dem Pony reitet!"
„Nein!" brüllte die Frau. „Unser Sohn hat langes braunes Haar, aber der Junge, von dem ich rede, ist total kahlgeschoren!"
Ich war mir vollständig klar darüber, daß ich bei der ersten besten Gelegenheit dem kleinen besoffenen Scheißkerl solche Prügel verpassen würde, wie der überhaupt nur aushielt. Falls ich überhaupt mit heiler Haut aus dieser Geschichte herauskäme.
Die Frau jammerte weiter. Aber nach und nach gelang es dem Mann doch, sie zu besänftigen.
„Nimm eine Schlaftablette, Sarah, ja, so ist's recht. Mach das Licht aus, gute Nacht!"
Wieder war es stockfinster im Zimmer. Wir mußten warten, bis die beiden wieder eingeschlafen waren.
Als fünf oder sechs Minuten herum waren, fing Oskar an, fortzukrabbeln, und obwohl ich es verfrüht fand, folgte ich ihm.
Als wir bereits mitten im Zimmer waren, fing die Frau wieder an, wenn auch mit undeutlicher und unsicherer Stimme: „Hör mal, Bernhard, eben hab' ich noch das Gefühl gehabt, daß jemand unter unseren Betten läge. Ist das nicht merkwürdig?"
„Na ja", murmelte de Milles.

Wir standen auf und gingen zur Tür.
„Jetzt wieder", lachte sie nervös, „kommt's mir so vor, als ob zwei Gestalten drüben an der Tür ständen."
„Nun schlaf doch endlich, Sarah", fauchte er.
Wir hörten, wie sie sich wieder in ihrem Bett zurücklegte.
„Raus!" flüsterte ich Oskar zu, der vorsichtig die Klinke 'runterdrückte. Wir glitten wie zwei Schatten hinaus.
„Puh!" stöhnte Oskar und trocknete sich den Schweiß von der Stirn.
„Pscht!" machte ich.
Auf dem anderen Flur hörte man Lärm. Ein paar Männerstimmen näherten sich uns.
„Hast du ihn gesehen, Klaus?" fragte einer.
„Ja", rief der andere aufgeregt. „Er ist hinüber in den anderen Teil des Hauses geritten!"
„Ich halt's nicht mehr aus!" jammerte Oskar. „Ich glaube nicht, daß ich nochmal von hier wegkomme. Dieser verdammte Bengel!"
Er blieb stehen und wippte auf den Zehen, dabei biß er sich in die Handknöchel.
„Vielleicht ist es gar nicht so schlimm, wenn er sie in Atem hält", sagte ich. Und dann versuchten wir's mit der zweiten Tür. Ein kleines Zimmer lag vor uns. Es war nur halbdunkel hier drinnen, denn der Mond schien herein. Mitten im Raum stand ein massiver Schreibtisch, und rund herum an den Wänden standen Regale mit mindestens ein paar Tonnenladungen voller Bücher.
Ein wenig im Hintergrund, nicht weit von der Tür, stand der Geldschrank. „Bei Allah!" sagte Oskar und ging in die Knie.
„Der Code!" sagte ich. „Erinnerst du dich an den Code, Oskar?"

„Ja", sagte er. „7-0-8-9-3."
Ich drehte die fünf Zahlen.
Aber die Tür wollte nicht aufgehen.
„Bist du sicher, Oskar?"
„Vielleicht war's 7-0-8-9-1", murmelte er.
Aber das stimmte auch nicht.
Da hörten wir plötzlich im Schlafzimmer nebenan ein Telefon klingeln. Ich horchte an der Wand, konnte aber nichts verstehen. Statt dessen hörten wir deutlich, was dann passierte: de Milles stürzte aus dem Bett, und gleich darauf taumelte er den Flur entlang.
„Jetzt ist's mir wieder eingefallen", sagte Oskar glücklich. „Es war ja Frau Olsens Telefonnummer: 70892!"
Wieder drehte ich. Die Tür glitt auf.
„Vielen Dank!" flüsterte Oskar. Aber es gab nichts, wofür er sich bedanken konnte. Denn in den Schubfächern lagen nur Papiere mit Stempeln drauf und mit roten Klecksen. Nicht ein einziges Geldstück. Erschöpft sank ich auf den Fußboden. Das hatte uns gerade noch gefehlt. Wie sollten wir nun aus dem Haus kommen?
„Mach einfach die Tür wieder zu", sagte Oskar müde. „Nun wird's wohl Zeit, daß wir abhauen!"
Ich schloß den Geldschrank, und wir wankten zur Tür, um sie zu öffnen.
Da standen wir nun, genau gegenüber von Frau de Milles.

15

Ich kann mich noch gut daran erinnern, als Bertram geboren wurde (verflucht sei dieser Tag!). Mama bekam ihn nämlich bei uns zu Hause. Wir saßen mit Vater in der Stube. Es war sehr lange ganz still im Hause. Aber dann schrie unsere Mutter plötzlich los, daß es einem nur so über den Rücken lief. Doch der Schrei, den Frau de Milles bei unserem Anblick ausstieß, war viel, viel schlimmer. Ehe wir uns davon erholt hatten, lag sie selber der Länge nach auf dem Fußboden.
„Mann, sie ist ohnmächtig geworden!" stammelte Oskar, aber das konnte ja jeder Idiot sehen!
Wir spähten über den Flur. Ohne lange nachzudenken, flitzten wir den Korridor entlang. Wir wollten hinaus, koste es, was es wolle! Als wir uns der breiten Treppe näherten, hörten wir von unten wildes Rufen und das Trappeln von Pferdehufen.
Unten an der Treppe jagte gerade Bertram stolz auf dem Pony vorbei, das wie ein edles Vollblut und Turnierpferd galoppierte. Der Männer rasten hinter ihm her, alle in Pyjamas. Wie die Wilden sausten sie immer Bertram nach, rund herum durch den Saal. Plötzlich ging de Milles in die Knie und streckte die Arme nach oben, als bete er zu einem Gott.
Bertram lag vornübergestreckt auf dem Pony und schwang

gefahrdrohend eine Weinflasche über seinem Kopf. Wir waren gerade unten angekommen, als er die Flasche nach einem der Männer feuerte. Der ging zu Boden und blieb dort bis zur völligen Auszählung, k. o., liegen. Wie wir sahen, trug er einen Spaten in der Hand.
„Juhuu!" schrie Bertram, als er den letzten Mann zum Ausgang hinausjagte.
„Bertram!" rief ich. „Wir verziehen uns. Beeil dich!"
Wir spurteten in den Keller hinunter und hörten, wie der Hufschlag des Ponys vor der Treppe aufhörte. Im gleichen Augenblick blieben auch wir stehen, als wären wir im Kellergang angefroren. Draußen heulten Polizeisirenen, daß es uns nur so in den Ohren pfiff.
Bertram kam herunter zu uns.
„Die haben bestimmt Schäferhunde bei sich", jammerte Oskar. Ich ging zum Kellerfenster und öffnete es. Wir sahen, wie draußen vor der Pforte Blaulichter auf den Wagendächern kreisten. Aber noch unangenehmer war das Hundegebell anzuhören.
„Nun geht's uns an den Kragen!" sagte Oskar und sah mich an. Wir beobachteten, wie die Polizisten die Allee heraufgelaufen kamen und die Hunde schnuppernd vor ihnen suchten.

„Wir können doch unmöglich hier bleiben!" schrie Oskar plötzlich auf. Also krochen wir aus dem Kellerfenster heraus und sausten über den Rasen. Jeden Augenblick erwartete ich, daß sich scharfe Zähne in mein Hinterteil bohrten.
„Es ist doch schwachsinnig!" rief Oskar. „Wir haben doch gar nichts gemacht. Wollen wir nicht stehenbleiben und ihnen das sagen?"
„Ja und dann so enden wie unser Vater!" rief ich zurück.
„Aber wir haben doch wirklich nichts angestellt!" schrie Oskar.
„Wir haben's versucht!" rief ich. „Außerdem schnappen sie dann den Onkel."
In diesem Augenblick war es, als würde die ganze Stelle, auf der wir standen, weiß. Ein riesiger Scheinwerfer war auf uns gerichtet. Sie hatten uns gefunden.
„Da sind sie ja!" rief ein Mann. „Laßt die Hunde los!"
Wir erreichten die Hecke und sprangen kopfüber hinein. Oskar und ich kamen schnell hinauf auf eine Straße, in der wir noch nie gewesen waren.
„Bertram ist hängengeblieben!" heulte Oskar.
Weiter hinten sahen wir die Hunde mit offenen Rachen herankeuchen, auf Bertram zu, der strampelte und sich hin und herwand.
Wir packten seine Arme und zogen fest daran.
„Gib nicht nach!" sagte Oskar, und wir zerrten aus Leibeskräften an dem armen Bengel. Ein paar Zweige knackten, und Bertrams Hose riß. Aber er schaffte es doch und war draußen, ehe ihn die Raubtiere beim Wickel hatten.
Einen Augenblick blieben wir stehen und überlegten, was wir mit dem kleinen Vorsprung anfangen sollten, den wir gewonnen hatten.
Dann aber sausten wir ab durch die unbekannte Straße, ohne

zu ahnen, wohin sie führte. Kurz darauf hörten wir, wie die Sirenen heulend hinter uns herkamen.

„Wir entkommen denen nicht", sagte Oskar. „Es ist unmöglich!"

„Aber was sollen wir denn sonst machen?" schrie ich ihn an. Wir konnten wirklich nicht mehr geradeaus laufen, deswegen bogen wir um die nächste Ecke und sahen gleich darauf das Blaulicht an der Ecke vorbeisausen. Vor uns stand auf einem großen Bauplatz ein riesiges Gerüst vor einem Haus.

„Wir sollten schnell hinaufklettern!" rief ich.

„Das schaffen wir nicht mehr, Anders! Es ist besser, wir ergeben uns gleich!" rief Oskar.

Unten, direkt über dem Erdboden hing ein riesiger Eimer an einem dicken Seil, das fast bis an die Spitze des Gerüstes hinaufreichte. Dort oben hing an einer Rolle eine Kiste, die, wie wir sahen, mit Backsteinen gefüllt war. Das Tau war unten fest verknotet, damit die Kiste mit den Backsteinen nicht von oben heruntersausen konnte. Heulend kamen die Sirenen näher.

„Wieviel mögen die Steine wohl wiegen, Oskar?" fragte ich.

„Mindestens hundert Kilo. Aber was hat das mit unserer Sache zu tun?" rief er.

„Los, in den Eimer mit euch!" schrie ich.

Sie gehorchten mir, ohne zu überlegen.

Irgendwo öffnete sich ein Fenster. Eine Frau streckte ihr Gesicht heraus.

„Knüpf du das Tau los!" sagte ich zu Oskar.

Gerade, als er den Knoten aufgebunden hatte, glitten wir langsam nach oben, als führen wir in einem Lift.

Mitten auf der Strecke begegneten wir der Kiste mit den Backsteinen, die in aller Ruhe nach unten fuhr.
Tief unter uns dröhnten die Polizeiwagen heran und hielten kurz darauf.
Wir stiegen aus, als wir ganz oben angekommen waren, und erst jetzt wurde uns klar, in welcher Gefahr wir schwebten.
Dann standen wir nun, mindestens vier Etagen hoch, und es gab fast nichts, woran man sich festhalten konnte. Das Brett, auf dem wir standen, schwankte auf und ab. Es kam uns vor, als wäre es aus Streichhölzern gemacht. Oskar und ich faßten sofort nach Bertram, der sich natürlich herüberbeugen wollte.
Ein Polizist ging zum Gerüst. Wir drückten uns eng an die Dachrinne, falls er etwa auf den Gedanken käme, hinaufzuschauen.
„Sie sind oben auf dem Gerüst!" schnatterte plötzlich die Dame am Fenster los.
Nun kam's drauf an! Wir hörten, wie der Polizist die anderen herbeirief, und es blieb uns nur noch ein Ausweg: das Dach!
Als Oskar mit zitternden Beinen das schräge Dach emporzuklettern begann, sah ich zwei Polizisten schon in halber Höhe auf dem Gerüst.
„Beeil dich, Oskar!" rief ich. „Sie kommen!"
Bertram kletterte hinter ihm her.
Oskar war schon fast beim Schornstein angekommen, als ich den ersten Dachstein zu fassen kriegte. Er stand wie eine Abenteuerfigur und hob sich klar vor dem großen, gelben Vollmond ab. Leider Gottes war dies hier alles andere als ein Abenteuer!
Nun war Bertram bei ihm angekommen.
„Wenn wir es bis zu dem anderen Schornstein schaffen, können wir vielleicht durch die Bodenluke hinein", sagte Oskar, als ich nun auch näher kam.

Wir standen jetzt nebeneinander, Bertram zwischen uns. Die ganze Stadt lag schlafend tief unter uns, und weit, weit draußen im Westen konnten wir das Meer sehen.
Dann sah ich den Dachfirst an, auf dem wir entlangbalancieren sollten . . . Nein, das ging einfach nicht!
„Ist es nicht viel zu gefährlich?" sagte ich vor mich hin.
„Siehst du etwa andere Möglichkeiten?" knurrte Oskar.
Also mußten wir hinaus auf den spitzen Dachfirst. Aber wir setzten uns drauf, und zwar so, daß unsere Beine nach beiden Seiten hinunterhingen. Langsam rutschten wir dann weiter.
Ich wagte einfach nicht, hinunterzuschauen, wäre aber trotzdem fast abgestürzt, als ich eine Stimme vom Gestell herüberrufen hörte: „Halt!"
Ich drehte mich um, als die beiden Polizisten schon ziemlich oben waren.
„Um Gottes willen, Kinder, hört doch auf!" rief der eine.
„Ich pfeife auf Gott!" rief Klein-Bertram zurück und rutschte eifrig weiter zu Oskar hinüber.
Endlich kriegten wir ein Dachfenster auf und konnten auf den Boden springen. Das Gefühl, wieder festen Boden unter den Füßen zu haben, kann ich kaum beschreiben.
Wir sahen uns um. Es roch nach Staub und nach Mäusen.
„Es wird wohl trotzdem nicht gehen", sagte ich. „Sie wissen ja, daß wir im Hause sind."
Bertram lief zum gegenüberliegenden Dachfenster, das zur anderen Seite hinausging.
„Da, seht mal!" rief er. „Da ist ja auch ein Gerüst!"
Wir stürzten hinüber und schauten nach unten. Es stimmte tatsächlich. Und es stand so, daß wir direkt darauftreten konnten.
„Nichts wie los!" sagte Oskar. Er riß das Fenster auf und steckte ein Bein hinaus.

„Paß bloß auf, Bertram", sagte ich, als wir in einen großen Hof hinunterkletterten.
Offensichtlich hatten sie uns nicht entdeckt.
Wir verpusteten uns ein wenig, als wir auf dem Hof ankamen. Aber dann liefen wir doch lieber schnell hinüber zu einem grünen Zaun und sprangen auf ein paar Bänke, die auf der anderen Seite standen.
Und so liefen wir weiter von Stakett zu Stakett, in Höfe und Gärten hinein und wieder hinaus, länger als eine Stunde.
Schließlich näherten wir uns der Hauptverkehrsstraße, wo die Autos in gleichmäßigen Abständen an uns vorbeisausten.
Wir setzten uns hin.
Da merkte ich, wie müde ich war. Ich war bereit, mich hier lang hinzulegen und zu schlafen.
„Onkel Georg finden wir nie wieder", sagte Oskar und scharrte im Kies.
Ich stand wieder auf. „Wir müssen versuchen, nach Hause zu trampen", sagte ich.
Am Straßenrand drehte ich mich zu den beiden um. Oskar sah total verdreckt und zerlumpt aus, aber ein bißchen Puder klebte immer noch an seiner Nase. Neben ihm lag Klein-Bertram und schlief. Und hier stand ich, ein zwölfjähriger Junge, mit Kleister und Schuhcreme das ganze Gesicht verschmiert.
Ob es wohl jemanden gab, der uns in seinem Auto mitnehmen würde?
Ich hielt den Daumen hoch, aber die Autos sausten vorbei.
So blieb es auch, bis endlich ein großer LKW in unserer Nähe hielt.
„Kommt, beeilt euch! Da ist einer, der uns mitnehmen will!"
Draußen tauchte gerade die Sonne mit der Spitze ihres roten Kopfes aus dem Meer. Ich mußte daran denken, wie friedlich

es vor nur 24 Stunden auf dem Abfallplatz gewesen war. Da hatte Klein-Bertram auch geschlafen, nur besaß er damals noch mehr Haare.

„Wie seht ihr denn aus?" fragte der Fahrer uns, als wir in die Fahrerkabine hineinhüpften.
Besonders mich sah er dabei an.
„Wir waren auf einem Kostümfest", sagte ich und sah auf das Wasser und die Sonne.
„Na, und wo soll's nun hingehen?" erkundigte er sich.
„Heim", sagte Bertram.
„Nach Vanlöse", sagte Oskar.
„Ins Bett!" seufzte ich.
So fuhren wir los, und nach einer halben Stunde setzte er uns in Husum ab, denn er mußte weiter nach Frederikssund.
Inzwischen war es ganz hell geworden.
„Wollen wir uns nicht hier hinlegen und schlafen?" fragte Oskar. „Ich bin so müde."
Ich merkte, wie meine Augenlider ganz von selber zufielen.
Wir gingen dann doch los. Aber wir waren erst ein paar hundert Meter gegangen, als wir uns schon auf eine Bank setzten.
Ich erinnere mich, daß es anfing zu summen und daß ich die Augen einen Augenblick schloß.

„Wach auf, Anders, los, wach doch auf, Mann!"
Oskar stand vor mir und schüttelte mich. Neben ihm stand ein Polizist. Ich fuhr auf und war mir sofort darüber im klaren, daß das Spiel aus war.
„Eh, wo ist denn Bertram?" fragte ich.
„Der liegt im Polizeiauto und schläft noch", sagte Oskar mit einem merkwürdigen Ausdruck im Gesicht.

„Kommt jetzt, Jungs!" sagte der Polizist.
Langsam ging ich zum Wagen hinüber.
„Ich höre, daß ihr beim Kostümfest wart", sagte er und schaute auf meinen Bart.
„Ja", gab ich zu.
„Dein großer Bruder hat mir gesagt, wo ihr wohnt. Ihr solltet immer darauf achten, daß ihr etwas Geld für den Bus mitnehmt", sagte ein zweiter Beamter.
Oskar blinzelte mir zu.
Was war denn das? Hatten die etwa keine Ahnung?
Als wir vor unserem Haus hielten, sagten wir nur: „Besten Dank für die Fahrt" und stiegen aus. Wir mußten Bertram ins Haus hineintragen. Da standen ein paar andere Kinder und glotzten uns an, und die dicke Frau Larsen lag wie gewöhnlich im Fenster und schüttelte den Kopf.
Vater ließ uns hinein, aber er sagte nichts. Er starrte nur auf Bertrams Kopf und auf meinen Bart.
„Wo zum Kuckuck seid ihr die ganze Nacht gewesen?" fragte er dann.
Winni kam aus der Küche.
„Ach, das ist eine lange Geschichte", sagte Oskar müde.
Dann legten wir uns schlafen und pennten bis weit in den Nachmittag hinein.
Als wir aufstanden, erzählte uns Winni, daß unsere Mutter bald heimkäme, vielleicht schon übermorgen.
Vater rasierte meinen Bart ab, und obwohl es teuflisch wehtat, war es doch schön, daß ich mich wieder als mich selbst fühlen konnte.
„Der Onkel hat angerufen", sagte er dann.
Ich blickte zu Oskar hinüber, der gerade ein Auto für Bertram zusammenbastelte.

„Er ist nach Schweden abgereist", sagte Vater.
„Da wird sich Mutter aber freuen", sagte Winni.
„Hat er noch irgendwas Besonderes gesagt?" fragte ich und sah dabei aus dem Fenster.
„Nicht viel", erwiderte Vater und lächelte ins Leere.
„Findest du, daß wir sehr arm sind?" fragte Oskar plötzlich.
„Ich finde eigentlich, daß wir's sehr gut haben."
„Ich finde wirklich, daß wir sehr arm sind", sagte Vater. „Und ich finde auch, daß es uns viel besser gehen könnte. Aber mir ist jetzt eine Stelle als Fahrer bei einer großen Firma angeboten worden, und dort werde ich in der nächsten Woche anfangen. Das wird wohl ein bißchen helfen."
„Klasse, Vater", sagte Klein-Bertram. „Dann wirst du auch nie mehr stehlen?"
„Nein", sagte er und ging schnell hinaus in die Küche, um eine Flasche Saft aus der Speisekammer zu holen.
„Die hab' ich gekauft, als ihr schlieft", sagte er.
Und ich kann beschwören, daß wir sie in zehn Minuten leergetrunken hatten.
Hinterher strolchten wir zu dritt über den Abfallplatz, Oskar, Bertram und ich, zu einer Stelle, wo es windstill war und nicht ganz so arg stank.
Die Sonne funkelte in leeren Konservendosen, und Fliegen surrten um uns herum.
Hier stand allerlei: ein alter Melkbottich, verrostete Eisenteile, und alte Möbel lagen da, als schwämmen sie auf einem großen Meer.
Ich warf mich auf eine grüne Matratze.
„Wer kommt mit mir auf mein Floß?" rief ich ihnen zu.
„Aber paß gut auf die Haie auf!" schrie Oskar.
„Und auf die Seepferde", brüllte Bertram.

Wir trieben weiter und weiter auf den großen Ozean hinaus und sahen ein paar kleine Inseln in der Ferne schimmern, aber wir wagten es nicht, dort anzulaufen, weil wir Angst vor den Wilden hatten.

„Ich mag diesen Scheiß nicht mehr spielen", sagte Oskar. Er stand auf.

„Denkt bloß mal an Bernhard, der hat doch alles!"

Ich sah all seine Spielsachen vor mir.

„Ja, aber ein Floß und Haifische und Seepferde hat er nicht", sagte Bertram entschieden.

„Nein, aber er hat ein lebendiges Pony und tausend andere Sachen", sagte Oskar. „Und einen reichen Vater, ein Kindermädchen, ein eigenes Zimmer. Er hat garantiert alles, was er bloß haben will."

„Auch gute Noten in der Schule", sagte ich.

„Ja, denn er wird wohl die Lehrer schmieren", sagte Oskar.

„Das braucht er bestimmt nicht", erwiderte ich. „Der ist außerdem noch selber schlau."

„Das bin ich auch", trumpfte Bertram auf. Und zum hundertsiebzigsten Mal sah ich ihn vor mir, wie er in de Milles Festsaal auf dem Pony herumjagte.

„Hör dir den mal an", sagte Oskar und grinste. „Nein, wir hätten den Bernhard wirklich klauen sollen und all das viele Geld kriegen..."

„Arme Jungens hat's immer gegeben", sagte ich.

„Ja, aber wir hätten Fahrräder mit Dynamos gekriegt", erinnerte sich Bertram.

„Was soll man denn machen?" fragte Oskar. „Was können wir dafür, daß wir arm sind? Es ist doch ganz bestimmt nicht unsere Schuld."

„Vielleicht sind unsere Eltern schuld?" sagte ich.

„Ja, denn sie könnten ja ebenso reich sein wie Bernhards Vater und Mutter", meinte Bertram.
„Wenn nun alle Menschen reich wären!" sagte Oskar.
„Dann würden wir tausend Ponys kaufen", rief Bertram und tanzte herum.
„Tja, warum ist es denn anders?" fragte ich.
„Weil die einen klug sind, und die andern sind dumm."
„Aber warum sollen denn die Dummen auch die Armen sein, Oskar? Kannst du mir das erklären, Oskar?"
„Ja, das weiß ich auch nicht", sagte er verwirrt. „Es ist nun mal einfach so. Vielleicht steht's so im Gesetz."
„Im selben Gesetz, das uns heute nacht fast ins Gefängnis gebracht hätte", sagte ich.
„Dann müssen wir das eben ändern!" brüllte Klein-Bertram und sprang von einem Dreckhaufen herunter.
„Wißt ihr noch, wie wir den verkehrten Bengel erwischt haben?" grinste Oskar.
„Und wie wir in Frauensachen rumgelaufen sind?" rief ich.
„Und wie wir aufs Dach geklettert sind?" sang Klein-Bertram.
„Mensch, das war gefährlich!" sagte Oskar ernst.
„Ja", gab ich zu. „Aber trotzdem finde ich nicht, daß wir's falsch gemacht hätten. Was sollten wir denn sonst tun?"
„Meinst du? ? ? ? ? ? ?"